她走在我的旁边，
白色的长裙被风吹得鼓起来，
像一只大口袋。
这个样子太像电影里忧郁的女主角了。

冬末和顾扬一样，都是表里不一的人。
冬末看上去复杂，实际很简单。
顾扬看上去简单，但我隐隐觉得，她其实并不像看上去的那么简单。

我话音还没落，
她已经踮起脚在我脸上叭地来了一口，
然后又迅速撤退噔噔噔地上楼去了。
我愣在当地半天没回过神来。
伸手在胳膊上拧了一把，疼！那么说不是我白日狂想了？
那是怎么回事突然转性了？

我终于走出了迷宫可是迷宫外面没有她。时间和命运联手策划了一次黑色幽默在充满了孩子们欢声笑语的节日里把我从白棉花般的云朵里狠狠踹了下来，我在空中急速下坠每踩一脚都是虚空这一切真的发生了吗

这么近·那么远

zhe me jin na me yuan

 木夹子 著

夏日曾经很盛大，把你的阴影落在日晷上
让秋风刮过田野，让最后的果实长得丰满
再给他两天南方的气候，迫使他成熟
把最后的甘甜酿入浓酒

谁这时候没有房屋，就不必建筑
谁这时候孤独，就永远孤独
就醒着，读着，写着长信
在林阴道上来回不安地游荡
当落叶纷飞……

贵州人民出版社

图书在版编目（CIP）数据

这么近,那么远/木夹子著.——贵阳:贵州人民出版社,2005.4
ISBN 7-221-06832-1

Ⅰ.这… Ⅱ.木… Ⅲ.长篇小说—中国—当代
Ⅳ.I247.5

中国版本图书馆 CIP 数据核字(2005)第 032062 号

这么近·那么远

作　　者:木夹子
责任编辑:王静萍
策划编辑:思域图书策划·天凉凉
出版发行:贵州人民出版社(贵阳市中华北路 289 号)
电　　话:(0851)6828549
邮　　编:550001
印　　刷:广州番禺时代文化印刷厂
厂　　址:广州市番禺区石楼镇人民路 200 号
邮　　编:511447
开　　本:890×1240mm　1/32　6.5 印张　4 插页
版　　次:2005 年 9 月第 1 版　2005 年 9 月第 1 次印刷
书　　号:ISBN7-221-06832-1/I·1439
定　　价:18.00 元

目录

Contents

怀念那些如野草般疯长的青春，
那曾经的纯真年代。

第一章 艳遇

1

我叫于燕。

没错，我是个男的，虽然不幸拥有个女性化的名字。

这都是因为家中二老盼女心切的缘故。我哥的出生已经让他们抱怨祖上无德。所以，在我还是一颗受精卵的时候，他们就取好了这个名字。但是残酷的现实又一次无情地粉碎了他们的美梦。

据说于燕的医生老爹在看过 B 超结果后，曾心存侥幸地问过 B 超室的同事：还，还能再变化吗？

同事坚定地恭喜他：不会不会，你就放心等着抱儿子吧！

……

天哪！作孽呀！～～～～～～

极度失望的老爹终于失去了控制，当场嚎啕起来。

要知道，对一个连续三代男丁旺盛的家族来说，我，简直就是上帝的一次失误。

为了让他有机会弥补，我的父母坚持把我当成女孩教养，直到我上幼儿园，才不得不放弃了这种愚蠢的幻想。

至于后来我没有变成娘娘腔，或者没有不正常的性取向，这可以说是不幸中的大幸。

但是我胆小怕事的个性却是在那个时候形成的。

每次喜欢上一个女孩，我都不敢采取行动，充其量在心里意淫一番。所以，尽管在美梦里爱得死去活来，剧情跌宕起伏得犹如莎士比亚戏剧，女主角还是毫无知觉。

我，从来就不是女生们的梦中情人。

但我还是有过初恋的呦！

只有幼儿园大班的那一年，才有个女生是真正和我两情相悦的。我们一起堆积木，一起丢手绢，一起骑那种三个轮的儿童自行车……

我的初吻也是被她夺去的。

闹了三天没去幼儿园，第四天我妈打着我的屁股强行把我拖了回去。

一看到我，她就扑上来又对着我的嘴亲了一口。

什么感觉我忘了。

她的名字和长相我也忘了。

但你不能因此就说我是个始乱终弃的人。就像你不能责怪一条吃屎的狗。

虽然我已经记不得她的名字和长相，有机会的话，我还是要对她说那三个字——

谢！谢！你！

不过也许是因为爱情之花的过早开放，我有些江郎才尽了。

　　此后的 18 年中，我的感情生活一片空白、毫无建树。像是疲于征战职业联赛的大牌球星，用尽了才华，临到世界杯时却悲壮地陨落。

　　这就是我乏善可陈的人生，一页作文纸就书写完毕了。所以，为了让你能捏着鼻子看下去，还是说说别的吧，说点更有意思的。

　　不过，这还得从我的名字说起。

2

　　有了这样的名字，被拿来当笑料的机会就比别人多了许多。惟一值得告慰的是，通过它，我认识了冬未。

　　冬未是我的哥们儿，她——（我在这里使用了女字旁，足见其性别。但她也只是"看上去"是个女的而已）是我的大学同班，刚入学时被委以信箱管理员的重任。很自然地，她把我的信拿回了女生宿舍楼，敲遍全系的新生寝室，未果。于是我的信辗转到了系辅导员（习惯称为"导员"）的手上，又被导员拿到迎新大会上寻人，使我的名字在瞬间家喻户晓。

　　第二天，这个始作俑者跑去找我，前三句还有些道歉的诚意，第四句便成了：

　　"我靠！没有我你能这么快出名？赶快请我吃饭！……"然后，一拳捣上我的肩窝。

　　我当时趔趄着倒退了七十公分，一半是没料到一个女生会突然做出梁山好汉似的举动;一半是不敢相信此"弱"女子竟会手有缚虎之力。

不过请不要被我的描述误导,以为她是个母夜叉。相反地,她有着梁咏琪的身材和朱莉亚·罗伯茨的面孔。她的力气来源于她的柔道底子,体育特招生,得过一系列牌牌,不是吹的。

她姐在中央大街上有间酒吧,后来成了我们几个狐朋的据点。

911那天我们正好在那里。凤凰卫视突然切出世贸冒烟的画面时,大家都呆住了,起初还以为是好莱坞的新片预告。

我当时在外面接手机,才讲了一半就被冬未拽回去看新闻。一整个晚上大家都在讨论时事,激动莫名,让我想起十二棵橡树庄园烤肉会上的好战分子。

有人还预言说三次大战要爆发了。

如今几个月过去了,外面也算烽烟四起。然而我还在校园里,照样上课睡觉,夜里打扑克……日子单调而惬意。除了偶尔被损友陷害,推出去抛头露面。

比如——

今天晚上的文化节歌曲大赛。

"于——燕——"夜叉在楼下催命了。

"来了来了!"

唐僧的紧箍咒,她是不会让我安生的。

不知又是几层的仁兄吹了口哨,我前脚刚踏出楼门,就见冬未正仰着头挑衅,"有种你下来啊!"

不出所料,上面是个没种的。

她看向我时余怒未消,"2点就彩排了,你在上面裹脚吗?!"

根据我以往的经验，此刻第一要务不是抗诉，而是安抚——

"换新造型啦？美女？嘿嘿！"

再根据我以往的经验，懂得欣赏她很"独特"的造型的生命体，通常都会有个很好的下场。

她果然脸色一转，"少来，无事献殷勤，非奸即盗。走了！"

如果时光倒退五十年，冬未实在不能算是个美女。

她的脸棱角过于分明，单眼皮、又有一张大嘴，前不突、后不翘的，因此我一直质疑那群尊她为系花的人的审美标准。

但有一点不可否认，冬未是很懂得、也很敢于打扮自己的。她总有本事把那些俗艳到刺眼的颜色和完全风马牛的衣饰搭配得风调雨顺、理直气壮。

但这样的前卫总是让人咋舌，以至于非不得已时，我绝不在公众场合出现在她方圆一米以内。

成为众人注目的焦点，向来是我最大的忌讳。

我一步三蹭，她半拖半拽，到礼堂时彩排已经开始了。

四下看了看，我问她："秧子呢？"

"他说开场时一定到，——可能又练他那破球去了。"

3

秧子也是我们系的，不过专业和我不同。他、冬未和我，就像鱼

如果时光倒退五十年，冬未实在不能算是个美女。

但有一点不可否认，冬未是很懂得、也很敢于打扮自己的。

她总有本事把那些俗艳到刺眼的颜色和完全风马牛的衣饰搭配得**风调雨顺、理直气壮。**

和水那样密不可分。我们有个很响亮的绰号——

中文系三贱客！

我不记得这个名号是何时慢慢叫响起来的了，实际上我很无辜，等于是被他们拖下水的。

因为，如果你在学校里随便抓一个路人甲来问，几乎没有人能叫出我的名字。像我这样一个有着大众化的长相、大众化的成绩和行为的人，即使轮回转世一千年，也不可能成为风头人物。

即便是现在，班里还有几个女生没怎么和我说过话。毕业论文的指导老师也还会诧异地问："你是我的学生吗？怎么我没有印象？"……

不像那两个，三年间做下的大事足以写满一整卷卫生纸。

秧子是个贵族子弟。准确地说，是个没落的贵族子弟。据说他家有满清皇族的血统。

说是没落，其实他家相当富有，仍然是个现代的大宅门。

八旗子弟的劣根性在秧子的身上得以发扬光大，但是他纨绔得很高明。除了踢球飙车看A片泡酒吧，我几乎从没见他正经八百地学习过。但不公平就这样实打实凿地出现在你的现实生活里，他的成绩总是好得令人发指，一等奖学金三年来从无旁落。好在秧子并不十分葛朗台，每次都倒搭个千儿八百的请大伙海吃一顿。所以他的人缘竟然还好得很，老少咸宜、大小通吃。

其实接触久了就会知道，秧子本质上是个很随和爽快的人，并不像第一印象的那么牛B闪烁。

记得入学的第一天的晚上，秧子就掏出最新款的手机，跟他新加坡的同学大声抱怨宿舍的恶劣条件、中国落后的教育水平……

这使得哥几个相当长的时间里都和他划清界限。

我是最有慈悲心的那个,所以不久便跟他混在了一起。

我不入地狱,谁入……??

阿弥陀佛……

秋子还是个表现狂,就是那种没有了掌声包围,就会像旱季里的麦苗一样枯黄打卷的人。

这点刚好和我相反,我的人生理想是——饱食终日,无所事事。

引用秋子语录:说好听点是乐天知命,其实就是不思进取。

4

所有参加演出的和为演出服务的人员都要从后门进入礼堂,经过乱哄哄的化妆室,就直接抵达舞台了。

由于后门是专门辟给工作人员进进出出的,所以就带上了一些特权的滋味。这使我在踏入这门槛的一刹那,内心也隐约高大起来。

礼堂里已经聚集了一拨热血青年。所谓热血青年,就是指那些吃饱了撑的一分钱不拿甚至得倒贴还全心全意屁颠屁颠拿课外活动当神圣职业的同学们,——这会儿都在自己的工作岗位上紧张而认真地忙碌着。

一名级别为导演的热血女青年吆喝着我们做最后的彩排,看她一副特拿自己当回事的样子,仿佛操练的就是春节晚会的班底。

我也跟着豪情万丈起来，几乎就要认为自己是第二个孙楠了。

其实彩排么，无非也就是上台遛遛，哼两句配合一下音响，再找找台上的红叉叉，以免站偏了位。可我毕竟是头一回见大场面，手脚怎么放都不自在，要不是冬未及时提醒，恐怕我就顺拐着上去了。

只见她严肃地拍拍我的胳膊，"把观众评委们当成大萝卜就可以了。来，跟我说一次：我——叫——不紧张——。"

我僵硬地咧了咧嘴，"呃……我能不能……？"不知道现在退出还来不来得及？

"不能！！否则以后别说你认识我，——我们三贱客没这样的孬种！"

她叉腰作泼妇状，让我想起豆腐西施杨二嫂，鲁迅笔下细脚伶仃的圆规……

一记铁砂掌拍过来，打断了我的冥想。

"好了，我去看秧子到了没。——自信点，我们会在道义上支持你的！"

又打我！！我有些了解为什么她的追求者都是虎头蛇尾的了。

我转身面向墙壁，开始念念有词，希望真的开场时不会忘词才好。

后台的几个工作人员从旁边经过，对我投以怪异的眼神——

"神经病！！"

"干什么呢？？真是个傻 B！……"

就是此类的眼神。

排在我前面的是一个唱民歌的学妹，长得很民歌的样子。我踏着她的足迹,走上去中规中矩地唱了起来——

"我只想唱这一首老情歌,让回忆拥满心头。

当时光飞逝,已不知秋冬,这是我惟一的线索。

人说情歌总是老的好,走遍天涯海角忘不了。

我说情人却是老的好,曾经沧海桑田分不了。

……"

几句一过,我渐渐松弛下来,看看舞台边上的冬末,她正微笑着,同时抬起右手,冲我竖起中指……

我很高兴。

我知道,在冬末那里,这个手势的意思是:好!

一段结束,我准备功成身退。可是这时,热血的女导演却快步向我走过来。

不!不是热血的女导演。这个女生比女导演瘦,头发也更长一些。

啊!是了。是下一个表演者嘛。于燕,你真是太聪明了!嘻嘻~~~~

这位学妹可也真心急,赶快把麦克风交给……

"啪!"

一种清脆的音效骤然响彻长空——不!应该是响彻礼堂,刚好插在两个拍子的间隙。

什么?!我……我……我被——

打了??!!

整个礼堂跟着倒抽了一口冷气,刷地陷入一片死寂。

发生……发生什么事了?!

是我走位走错了?——这是我危急之中涌起的第一个念头。

靠！就算走错了也不至于挨打呀！

我惊怒交集地瞪着这个长得还不错的女生……

长得还不错？这当口还能注意到这个！——于燕，I 服了 U！

可是，她是长得还不错嘛！而且，散发着一股浓厚的二锅头气息……？

啊！！

一声惊叫打断我的思路，——又怎么了？

我顺着后台警示者的目光仰首……

妈——妈呀！！！

一个不明物体从天而降，我眼睁睁看着它在视野里越来越大……越来越大……

"咚"地一声，我陷入无边的黑暗之中，没来得及发出任何声响。

死定了……

想是我坏事做得不够多，再睁开眼时，我有幸看到了第二天的太阳，还有一个一脸紧张，生怕自己会背上过失杀人罪的肇事男生。我想，这个菜鸟剧务八成要损失小小一笔医药费了。

然而，我没有看到那个天使——那个会打人的天使。

如果不是因为秧子的提及和脑袋真实的疼痛，我几乎以为那是我的又一个白日梦。

真好！我得到了一个后脑勺上 5 针的伤口，现在还要被两个自称是我哥们儿的人恶意地嘲讽。

秧子："燕子，这半边脸是不是感觉特幸福？"

冬末："于燕！你都对人家干过什么呀？平时看你挺老实的啊！"

秧子："就是！没发现你隐藏在人民内部这么多年。是我们的错，我们检讨。"

冬末："我可告诉你，趁早坦白，争取宽大处理。可别逼我用刑！"

……

我气结，站起身拔腿就走。

只能怪自己太蠢，居然认贼作友这许多年。

"哎哎哎……"秧子赶忙见好就收地拉住我。

"你真的对她没有一点印象？"

"……+#%￥*"我黑着脸。

"不是吧！……疯了?！"

是疯了。

不是她疯了，就是我疯了。

就那么突然出现，当着满礼堂人的面……可怜我半路夭折的舞台处女秀啊！

"可是，她为什么打你啊？"

好问题！

是啊，她为什么打我呢??

我迅速在脑海里搜索从我记事起所有伤天害理的前科。

可是，记忆得出的结论是：操行一贯良好，被欺负的成分居多。

那么，她为什么打我呢？

第二章　顾盼飞扬

1

自从高二会考后，摆脱了化学方程式折磨的我已经很久没有如此困扰了。

据秧子他们两个的供词，那天我壮烈地倒下后，场面极其混乱。所以谁也没有注意那个奇怪的女生。她的消失和她的出现一样，莫名其妙。

这能算是个艳遇吗？

虽然秧子说过，我是个满脑子浪漫幻想的人。但幻想归幻想，终究不会有独孤九剑让你天下无敌，也不会有美丽绝伦的魔教圣姑会爱上你……所以，同理可证。

然而后遗症跟着来了。

流言蜚语以加法——不，是乘法的速度迅速在校园里传播开来，经过好事者充满想象力的添油加醋，很快产生了各种奇怪的故事版本。

我尝到了一夕成名的滋味。

这让我很矛盾。你知道，我是个多么低调而老实的良民啊！可是……妈的！偶尔来这么一下，可也挺爽的。嘿嘿嘿……

我这样想着，实际上已不受控制地傻笑出来。

等等！我现在是在学校的书店里，那么……

我急忙收敛心神，警觉地瞄瞄四周。

果然，左边的两个女生狐疑地看着我。

我举起手中的书，以半遮面的姿势溜向收银台。

收银员看看这本书，露出一式的表情。

"同学，你要的，"她小心求证，"是这本书？"

我点头，心里郁闷透顶。妈的！谁规定男人不能看言情小说的?!

交钱的时候，手机突然响起来。

"喂？"

"燕子？×！还活着呢?!"

"×！是你啊?!八百年都不找哥们儿。有什么指示？"

能这么×来×去的，都是我的哥们儿。

××——在这里近似于礼貌用语"你好"。

不会是找我借钱吧？我暗自警惕。

"狗B指示！听说你最近走桃花运，是不是得请一顿啊？"

"什么桃花运？"

"少××（此处省略一个男性器官）装！某某都跟我说了。不够意思啊你！"

看见了吧？所谓朋友，就是这个样子了。——借钱、蹭饭，没事干扯扯老婆舌什么的。

不过，真是坏事传千里。就像这样的狗仔电话，这些天已经接了好几通了。

就这样一边跟他打哈哈，一边踏上电梯。

下了快到一半的时候，一个身影刷地闪进我的视野……

是她！

一上一下，我们二度相遇了。然后，擦身而过。

之所以一眼就认出她，是因为她是白色的——不，我是说，她穿着和那天一样的白毛衣和裙子。

"有事挂了啊！下回请你喝酒！"

我哪有心思再跟他瞎扯，果断地挂了机，转身就往上冲。

"哎呦！"

"干什么啊！"

……

愤怒的人们在向我咆哮。

还有个小孩清嫩的声音："妈妈，叔叔在抓坏人吗？"

这孩子多可爱啊！没错，叔叔——不，哥哥就是在抓坏人。

上了二楼，我心不跳、气不喘，还恰到好处地摆了个潇洒的破式！~~~~

长得高自然有长得高的好处，我像雷达一样对二楼扫瞄了一遍，很顺利地发现了目标人物。她正沿着一排排的书架往里走，左顾右盼。

我用书架作掩护，悄悄地接近……

跟踪很成功，没有引起她的注意。然而，却引起了另一个人的注意——

一上一下，我们二度相遇了。

然后，**擦身而过**

保安！

那个黑脸的哥们警觉地打量了我两次，大概心里正憋足了劲等着抓个现行。现在这样敬业的保安简直是凤毛麟角，我都想给他发个奖状了。

就这样捉了一会儿迷藏，她终于停下来，从书架上抽出一本书翻看着。

隔了一条过道，我站在和她平行的位置上，也拿了一本书，装模作样地看了起来。

但我的心思压根儿就不在书上，根本不知道那是本什么书。

我一直偷偷地看她，看她把头发撩起来，夹在耳朵后面。

太！太迷人了！……

由于我深深陷入了妄想症里，所以在她转过身来的时候，我没能及时错开目光。

没错！她突然……转过来了！！

靠！真的被抓了个现行！

这还不算，眼见她放回那本书，朝我这边走了过来。

妈呀！不会又像上次，一下子扑过来吧？！

我是赶紧撤退？还是，也打她一巴掌？男子汉大丈夫，不太好吧！

要不，打个招呼？该说什么好？……

脑细胞都僵硬了，我整个人变成了一个字——呆！

用这个字来形容我真是太贴切不过了，直到此刻，我方才深刻地领悟到中国象形文字的伟大之处——

一颗大头，架在宽直的肩膀上，外八字严重的两只脚……这个汉字简直就是为我创造的！

什么？那根竖？你问我那根竖代表什么？？

这不是明知故问吗？！从你问的这个问题上就能完整地反映出你是个多么无耻下流的人！！所以，我拒绝回答这个无耻下流的问题！

现在，她已经走到我面前，只有一个半手臂的距离……

又迈出了一步——

然而，同样的剧情不会发生第二回。

——走过去了！

竟然视而不见地，就那样从容地从我身边——走过去了！？？

这……这……

装不认识？不对。故作矜持？

不行！今天说什么也要死个明白！

"站住！"

"你给我解释清楚！"

某人男人气概十足地……

白痴啊你？！以上都只是我的心理活动而已。

我还是跟着她，亦步亦趋地跟着她。

又转了一会儿，下到一楼……

"你跟了我半天了！"

她突然站住，像终于无法忍受似的一下子转过来，充满敌意地说，"我们好像不认识吧？——你想干吗？"

就是这句！妈的！竟敢抢我的台词？我也火了！

"不……不认识？！那——那天在礼堂你……你你……？"

不用说得更详细了吧？女孩子家家的，给你留点面子！

"礼——堂……？"

她还真的在那里想了起来，一副丈二和尚的样子。然后，像是突然间顿悟了，她抬手捂住嘴，神色颇为尴尬。

"不好意思。我……我真的忘了。"声音里带了歉意，"那天我喝醉了，真对不起。我……我以前从来没这样过……"她的脸也涨红了。

都是酒精惹的祸？很好，我就知道她会这么说。可即便是酒醉肇事，也不能构成该司机逃脱法律责任的理由。那一堂法律基础课我刚巧没睡，这一点，还是听得很清楚的。不过话又说回来，要是该司机是个年轻貌美的小姑娘，而且认罪态度还很良好，特别是此次事故并没有造成什么严重后果的话，那么，法律不外乎人情……

"那以后最好也别这样了。"我严肃地说。

免除了刑事民事责任，批评教育一下总还是要的。

"你……"她又指指我的脑袋，"没事吧？"

"啊！没事了。"

"那就好。"

"……"

一阵沉默……

都不知道还该说什么好……

就在这时，手机又叫了。简直像是故意的一样！

我背过身去，走开两步。

"他妈的谁呀?!"火爆得很。

"连我都听不出来？你个混球！"

"大……大哥！什么事啊？"

是爸妈又打起来了？老大竟然打我手机?! 恐怖～～～～

"没什么。提醒你一下,星期六晚上别忘了回家。"

就为这个? 不就是要跟我嫂子他们家吃饭吗! 真是……!

"知道了! 啊……嗯……好……明白……"

我简直要疯了!

电话! 电话就是他妈的这么个东西。它才不管你在干什么,心情好不好,它说响就响,绝对的不讲理。

挂了电话,我气咻咻地转身……

人……人呢?

这才讲了几句话的功夫,人就突然间消失了?

我又四下看了看,发现一个白色的背影在门外闪过……

岂有此理! 不吭一声就想溜? 追! ……

"咚"的一声闷响, 无数金星银星五彩斑斓星突然漫天飞舞……

怎……怎么回事?!

我蹲下去,捂住剧痛的鼻子。

门明明是开着的,大白天,怎么会鬼挡墙?

我不敢置信地摸了摸——

触手平滑,居然真的是玻璃门!!

一股热流涌上来……

靠! 我又流血了!!

2

阶梯教室的午后永远昏昏欲睡，就业心理课的太监嗓干巴巴地重复着第一百零一个定义。

秧子又溜了，冬未倒还朴实，继续梦她的彩票号码。竖起的课本挡住她蓬松的头，口水涂满了课桌……

恶～～～～～

女人做到这份上，我着实无话可说。

为什么她不能作个淑女?就像那个天使那样。虽然那个天使的出场也不是很淑女。可是人家后来毕竟还是知错即改了么! 这就是好同志! 我们就应该给人家重新做人的机会。

其实我知道，仅凭外表判断一个人未免有失公允，但我固执地认为，她，就是我梦想的那一个。

书店事件之后，我又去了两次。但是，同样的剧情真的传,……唉，说了你也不懂。"

我是不懂。

每次看到史努比腻在老四身上发嗲，以无比娇柔的声音一口一个"宝贝儿～～"的时候，我们在一边的人通常都会马上回避,蹲在地上各拣各的鸡皮疙瘩。

"你说老四的那口子怎么那么像什么院出来的? "

"人家老四就好这口儿，有本事你也弄一个什么什么楼的啊! "

……

像这种话我们也只是在老四背后嚼嚼舌根。阶级感情第一——轻重我们还是晓得的。

"谁找我？"我问老四。我怎么忽然产生不详的预感？

老四胳膊肘拐了我一记，满脸暧昧的奸笑，"哎！真挺不错的。没给咱们寝丢脸。"

??? 我的不祥感更强了。

顺着老四指示的方向，我越过一个气味鲜美的男厕所，一直走到楼门口。外面的阳光白花花地刺眼，我举起右手遮在面前——

我看到了一小片门框，和一个30度角的美丽背影。

一般来说，从手指缝里看人，与坐在井里的青蛙、摸到大象的盲人是一样的，一样无法看到真相的全部。但我不需要全部。在她转身之前，我就毫不迟疑地确定了她的身份——

这个两度带给我不幸的姑娘。

她转了过来，现在，我们面对面了。

"你……找我？"

"……"

她好像没听到我的话，只是直直地盯着我，好像要找出什么，或者证明什么。

二十秒后，我败下阵来。我在她的刀一般锋利的目光中畏缩了，开始调整姿势、左顾右盼。

心脏又开始砰嗵、砰嗵地跳起来，这是一个危险的讯号。用最庸俗的小说词儿来形容，这个，就叫做"小鹿乱撞"。

"我们……试试看……在一起吧。"

她突然出声，把我吓了一跳。"呃……什么？"

"我说，"她依然直盯着我，一字一句，"我们在一起吧，怎么样？"

这次我听清楚了。可是,这太离谱了吧?!!

"什么？"

我的语言机能一定出了问题,竟然退化到只剩两个字的地步。

也许是我吃惊的表情太过不加掩饰,她有些不悦。

"我知道,你肯定觉得我是个疯子。"

"啊,不是,我,我想……"

虽然我确实是这么觉得，但要是真那么说，我就真是个傻B了。

我怎么能做个傻B呢？

"有笔吗？"

什么？话题又转换了？我实在跟不上她的节奏。

于是我呆呆地摸摸衣兜……嘿,妈的！真的有一支笔。

我拿出它，然后，呆呆地递给她，像一个完全没有自主意识的机器人。

她在自己的米黄色背兜里掏摸一阵，翻出一张面巾纸来，就着楼门,在那软吧塌的玩意儿上飞快地写下一串数字。写完了,她拎起这张有些透明的纸,伸直了胳膊递到我面前。

"我的电话。"她说。

有了这个姿势做参照，我突然发现她其实并没有看上去那么高,充其量只够到达我的下巴。但她的整体比例很匀称，又有一双瘦长的腿，所以感觉上并不显得矮小。

我小心翼翼接过那道圣旨，想着应该同她说点什么。可是脑袋里各种各样的字句胡乱地冲撞着，如同十字路口瘫痪的交通，没办法拼出一个完整的问句，尽管我的疑惑已经到达沸点。

难道我的脑壳真的被砸坏了？

"我走了。你慢慢想吧。"她最后扔下一句，没有一丝忸怩羞涩，大踏步地去了。

看着她渐行渐远的背影，我突然记起一个关键——

"等……等会儿，我还不知道你叫什么？"

她转过头，撇了撇嘴，

"我姓顾。"

3

顾。

我还是不知道她的名字。

从这两次交手的状况来看，她即使不是个疯子，起码也是个没头没脑的家伙。

虽然我没吃过恋爱的猪肉，但大抵是看过猪跑的。我们两个并不熟识，甚至谈不上认识，事情怎么会突然大跃进到这个地步？中间的过程呢？难道真像秧子说的，她暗恋我？所以精心策划一场好戏来接近我？

切！~~~~~~~

对这个说法应该立刻嗤之以鼻！连心都不用过。不，是连脚心都不用过。

人贵有自知之明。如果对象换成秧子，这个假设成立的命中率会相当高。

当然，秧子号称 L 大的贝克汉姆。

每次校足赛的时候，只要有我们系的比赛，操场铁定人满为患。在成百上千雌性生物的尖叫声中，我们系的小伙子们越战越勇，在精神上先就摧垮了对方。

随着秧子进球数目的递增，他的知名度也跟着水涨船高。

有一次他陪我去新生楼找一个老乡学妹，我非常不谨慎地把他单独留在了楼门口。等我办完事转身出来，可怕的一幕出现了……

秧子陷落在一群女粉丝的重重包围之中，眼看就有灭顶之灾。我二话不说杀~~~~入重围，拉住他仓~~~~皇夺路而逃。

现在回想起那一幕，仍然心有余悸。

奇怪的是，秧子竟然一直没有固定的绯闻对象，这反而让他更加奇货可居。

冬末也是。

所以他们索性提出，三贱客一定要在大学生涯里光棍到底，如果谁先撑不住，就得请赢家吃火锅，直到吃腻为止。

难道说，距离毕业只剩三个月的今天，我的晚节真的不保？

反复挣扎权衡利弊了一晚上，我依然无法下定决心。

罢罢罢，把心一横，我预备听天由命。

九点一刻，老四此时正在洗漱，水房里飘出走调的歌声。

好！再过 5 分钟，老四会推开寝室的门。

如果他的牙缸拿在右手，明天我约顾美眉；如果是左手，我会丢掉那个电话号码。

踢踏踢踏的拖鞋声凑近门口，我的心提到嗓子眼。

右手！是右手！！拎着牙缸的老四霎时间光芒四射！

我一个箭步冲上去。

老四见状，警觉地拉开马步，摆出一个招架的姿势。

"老四，我爱你。"

"……"老四的姿势僵住。

我得意地拍拍僵硬的老四，扬长而去。

4

如果我还有一丝良知，我应该承认，我是知道老四的，他——
是个左撇子。

星期六上午和煦的阳光照进我阴暗的心里，火锅终于败给了
可爱的顾美眉。

我提着新鲜的火锅料，牛喘吁吁地爬上秧子位于7楼的狗窝。

即便是狗窝，也是一只名贵的狗窝。起码比起我们年久失修废
壁颓垣的宿舍，这里可以称为皇宫。宫里的这个娇贵的太子殿下在
和五条臭汉子、一两只健康良好的硕鼠勉强共存了9个月后，终于
抵受不住，毅然搬了出来。

这里是他的老巢，偶尔他也会回到寝室视察一番。不过最先感
到别扭的，反而是我们。因为他的床已经成了我们的公用空间，要
在一夕之间把床上的各色杂品分类认领，实在强人所难。我们已习
惯了他的床所制造的惊喜——

在叠着的被子里、枕头下、床缝中，总会突然出现：老大遍寻不着的书本光盘、老二已经挂失的银行存折、老三臭气熏天的袜子裤头、老四女朋友的礼物，和我的手表、钥匙、眼镜盒……

寝室、狗窝加上秧子父母的家，真可以说是"狡兔三窟"了。冬未曾经充满惋惜地评论，"他这 600 块的宿费，有 500 块都是白花了。"

门铃响了半天，秧子才蹭出来，嘴里不干不净，"我操，是你这个傻 B。"

"都十一点了，还做春梦那？"我把手里的大包小包墩在茶几上。

秧子耙耙乱草似的头发，"什么这是？"一点不含糊地扒开方便袋检查一番。

"不得了，最近你没什么把柄捏在我手里啊，用不着堵我……"

"……"我屏住呼吸，在心里默数，一，二，三。

"的嘴……啊？"秧子仔细看看我的表情，下巴一点点掉下来。

"不是吧？你还来真的了?！"

"你哪那么多废话?！——不吃拉倒！"

正扯皮间，防盗门哐哐哐地响起来。有人在"踹"门。

我和秧子四目一对，心下了然。天底下以这种方式叫门的，惟邱冬未女士一人耳。

秧子踢踢踏踏地跑去开门，突然见了鬼似的大叫："冬瓜妹！你……你被雷劈了?！"

"滚！"一字箴言送将过去，女主角从秧子身后探出头来。

只见她顶着一只鸟巢——啊不！——是顶着一头半长不短曲曲弯弯的黄头发，一副怒发上冲冠的样子。

"哎？新发型嘛！叫什么？苞米胡子头？"我一边乐，一边顶风作案。

"你们俩活够了我看！"河东狮大吼一声，作势欲扑。

"哎哎……"秧子连忙架住她的胳膊，"别冲动，看看燕子给咱带什么了。"

"哎？涮羊肉啊！怎么……"

"冬瓜妹，你输了，100块拿来！"

一招奏效，冬未愣住。看看秧子，又看看我，突然间恍然大悟。

"于燕！你真的要……要……你太对不起我了！我把半个月的伙食费都压在你——唔唔……"

她的嘴突然被人捂住。

为时已晚，我全明白了。

这两只好赌成性的猪！猪！！小到一道考试题，大到阿富汗战争，他们都可以拿来赌。现在居然赌到我头上？！

秧子见我神色不善，忙陪笑道："别生气，燕子，下次我们一定把赌金下大点……"

忍无可忍，无须再忍！我揪住他的脖领子。

"你想干吗？！"

"阉了你！"

第三章　搞艺术的

1

115是这个城市公交系统里硕果仅存的破旧线路。相较于电子售票的冰冷单调,这里充满着真人售票员嘹亮的声音——

"月票看一下!"

"中间的同志往后边挤一挤,来。"

你也不必担心急刹车时会摔倒的问题,因为它总是以自行车的时速,在刺鼻的汽油味和嘎吱嘎吱的响声中悠闲地行进。

然而它的破旧丝毫不影响它的上座率。尤其是周末,连车中间的连接处也塞满了人。前几天有一辆115就是从这个部位出了事,像一个老迈多病的关节突然间脱离位置,庞大的车体瞬间断成两截,一死五伤。

现在看来,人们对悲剧的遗忘速度是越来越快了。

我采取金鸡独立的姿势站在车的前半截,因为我的另一只脚没有着陆的空间。前面贴着我的是一坨肥肉,这位大嫂足有我两个宽。随着汽车的节奏，特大号的屁股摇来晃去——

啪叽……啪叽……

我只好将肚皮往后缩了缩。我可不想被当成流氓。

但显然后面的小姐认为我是个流氓。她的皮包硬邦邦地顶着我的腰，意思是说，"你离我远点！否则……"

于是我又只好向前挺了挺腰。

红灯时我看到旁边停着的 237，一样人满为患。

我曾经用这个强有力的事实，迎头痛击了美国人尼克。

那时尼克刚刚成为秧子的同居人，整天操着蹩脚的普通话，嚷嚷着人权宣言。后来看多了血淋淋的事实，他终于不得不承认，计划生育还是有利于全人类的。

尼克原来是秧子上口语班时的外教，很有些堂吉诃德的精神。从大学毕了业，就打起背包来到了这个东方的神秘国度。

不得不佩服，洋鬼子尼克比我们活得潇洒多了。他的劳动所得都贡献给了中国各地的名山大川，等到钱花光了，再去赚。

然后，再出去花……如此循环往复、生生不息。

一年前尼克搬了进来，秧子教他中文，他教秧子英文。

不久，我和冬末也加入了向西方世界传播中华文明的行列。

郁闷的是，没把尼克调教好，我们却个个被他传染得舌头打结。语法颠三倒四、阴阳上去不分。

有一天，尼克拿着一本字典，对着冬末大声说："我可以吻你吗？"

我和秧子都是一惊，闭上眼不敢看他的下场。

啪！

果然，尼克挨了一记清脆的耳光。

尼克被打得一脸委屈,抓耳挠腮了半天,在纸上写了一行字。我们低头看时,原来是"我可以问你吗?"我和秧子连忙责备冬末,这厮也忒莽撞。

现在他的中文依然没什么长进,还是搞不懂为什么一只兔子不能说成一条兔子、一条狗不能说成一头狗、一头牛不能说成一个牛……但在我们谆谆的教导下,各种骂人的词汇倒是丰富了不少。

不再像以前,只会"f"来、"s"去,说些简单的四位数单词了。

尼克热爱中国食物,而且有着特殊的敏锐。昨天他本来不在,我们刚烧好了开水,他就推门进来,一个人干掉了近一半的牛肉。作为回报,他送给我两张画展的门票。为了不浪费他的美意,回到宿舍,我就拨通了那个电话。

接电话的是个男中音,我愣了愣神,

"请问,这里有位顾——顾——小姐吗?"

"稍等,"男中音放下听筒,"阳阳,电话。"

她叫阳阳?顾阳阳??

"你好。"她的声音还是让我感到紧张。

"呃……我是于燕。"

那边沉默着。

以静制动。嗯,高手!

"你明天有空吗?我……我有两张美术馆的票。"

"有空。"

"那……10点怎么样?在正门见?"

"好。"

放下电话,我长出一口气,感到莫名沮丧。

从头至尾,她只讲了五个字。

虽然秧子常说我迟钝,我也能感受得到她的冷淡。

烦躁地躺在床上,上一次见面的情景突然浮上来……仔细想想,我的表现还真是他妈的拙,看来她一定很鄙夷我的愚行。

"机会是留给那些有准备的人",这句话既然存在,就证明它是合理的。这次!这次我是有备而来的。我紧抓着座椅的铁扶手,这样想道。

115缓缓地停下,我被人流拥到门口。车门噗一打开,等车的人就像蜜蜂见了蜜一样糊上来,在撕扯推挤中呲牙咧嘴面目狰狞。售票员高声叫着:"别挤,来,先下后上!"我被后面的人一推,腾云驾雾般落了地。

这一仗,小胜。

前行50米,就是美术馆的正门。围墙外的桃树已然粉红了起来,给灰暗了一季的城市添了些娇艳。她就伫立在第一棵桃树下面,却并不显得娇艳,依然的银妆素裹,茶色的头发在风中飞扬。

我忽然想起崔护的那句诗——

"人面桃花相映红。"

这句诗如果用在这里,显然并不贴切。

因为,桃花是属于春天的,她,是属于冬天的……

她就伫立在第一棵桃树下面，却并不显得娇艳，依然的银妆素裹，茶色的头发在风中飞扬。
我忽然想起崔护的那句诗——
"人面桃花相映红。"
这句诗如果用在这里，显然并不贴切。
因为，桃花是属于**春天**的，
她，是属于**冬天**的……

2

"不好意思,我来晚了。"不管怎样,先道歉再说。

"没关系,是我来早了,我不喜欢迟到。"

"那……我们进去吧?"

展厅里的人并不多,这里可能是周末城市里最清静的所在。我一向不喜欢吵嚷的地方,她说她也一样。

好!初步达成共识。

有了共同点,事情就好办多了。

"你喜欢油画?"她在一幅油画前驻足,并没有看我。

"还可以,我喜欢印象派。"

不用交税,于燕,你就吹吧。

"像塞尚,他的画风就是巴洛克的传统。"我祭出昨天临时抱佛脚的成果。

停顿几秒,见她并不置评,我胆子大起来。梵高塞尚高更,一溜烟滔滔不绝,力图表现自己的渊博神勇。

是谁说的来着?要让一个姑娘爱上你,先要让她敬佩你。

试想,在这样一个充满艺术气息的氛围里,一个绅士,一个淑女,讨论着深层次高水平的话题,两个人会心地一笑,心灵慢慢靠近……靠近……

"下课了,于老师。"

正在唾沫星子乱飞的兴奋时刻,突然插进来一道甜美的——

不！是扫兴的——声音。

"啊？"

我看向她，有些茫然。

"你真的很有文化。不过，"她抬起左腕，"十二点了。"

"啊——哦！"我大窘。看吧！得意果然是会忘形的。

"呃……我们去吃点东西吧？"

"好吧，你就隆重地安排我一下吧。"

她板着脸，但眼睛里有丝笑意。

这片儿不是我的地盘，怎么"安排"她让我有点犯难。但我的犯难并没有维持多久，因为她说，她知道这附近有一家店很不错。

穿过一条街，我看着她熟门熟路地拐进一间蓝色调的小店。

"休闲小站"。

名字俗到了家，但环境倒也雅致，没有麦当劳那样的喧闹，音乐也是张信哲的情歌。一楼一整面的玻璃墙是观赏别人的好位置，从这里望出去，对面就是美专的大门。

"两位来点什么？"服务生殷勤地问。

我把菜单递到对面，"来，别客气啊。"

她看看我，指住其中的一页，"这上面的每一道菜……"

每！每一道?！！

我勃然变色，下意识捂住干瘪的荷包。

"都不要。"

嘿嘿～～～～，我尴尬地笑笑。真是个狠角色。

"嗯……番茄汤，荷兰豆清炒。"她合上菜谱，"你呢？"

"我？随便吧。"

"哦……你们这儿，"她把上半身往后一靠，问那服务生，"有'随便'吗"？

呵呵呵~~~，有意思。

我在心里摇头，这姑娘真够能闹的。

"是啊。有'随便'吗？"干脆跟她一起闹。我笑嘻嘻地问，等着服务生发笑或发傻。

然而，不可思议的事发生了。

"有。"服务生既没发笑也没发傻，他简直就是胸有成竹地给了我一榔头，把我砸得发懵。

我像个白痴似的看看对面的她，发现她正用两根手指敲着桌子，似笑非笑。"那就给我们来一个'随便'吧！"

我有点发毛，感觉好像掉进什么套子里了。

"喝什么？还是'青岛'吗？"服务生接着问。

请注意！他用了"还"字。看吧！果然是串通了的。

"当然。你呢？"

我……我什么！大白天的，灌什么狗尿啊?! 不仅自己不能做个酒鬼，也要规劝她洁身自好。

可是，看见她挑衅的目光……

"我也——一样。"

灌就灌！谁怕谁啊?!

一个小姑娘，也敢跟我这大老爷们叫号?! 真是一点江湖规矩都不懂！

服务生走后，她一直托着下颌看向窗外，但目光却没有具体的焦点，也不像是故作姿态。

当我清清嗓子试图打破沉闷时,她并没有反应。

"昨天接电话的是……"我再一次努力。

"嗯? "她转头看我,有些迷惘。

"噢。是我爸。"

"是……是伯父啊? "

伯——父?

于燕,你他妈的还真叫的出口!

"我听他叫你——'阳阳'? "

"……"她停顿一下,撇撇嘴,"你干嘛不直接问? "

嘿嘿……我干笑着。"哪个 yang? "

"扬长而去的扬。"

扬长而去? 我还飞扬跋扈呢!

"不是吧? 我看是顾盼飞扬的扬。"我摇着尾巴,赶紧讨好。

"行啊。"她终于瞄瞄我,"还懂几个成语嘛。"

这时,菜一道道地上来了。那个给我套子钻的服务生最后放了一盘子五颜六色在桌上,说了句"菜齐了"。

"这什么? "我直觉地问,并没来得及跟大脑商量。

等问完了,才突然醒悟,恨不能抽自己一嘴巴。见她眼睛一亮又要张口,连忙拦在头里,"行行,'随便'是吧! "心说你等着,看咱们谁能笑到最后。

仔细看看那菜,——胡萝卜西芹香菇白菜片——

"随便"! 今天真开眼哪!

"为了庆祝我们不打不相识,来,先喝一杯! 我干杯,你随意。"我端起杯子,想先来个下马威,以便掌握场上的主动权。

这招是我喝酒时的惯用手段，秧子称其为："程咬金的三板斧"。

凡是听过瓦岗寨评书联播的朋友们都知道，老程临敌靠的就是那威力无比的三招。一、二、三！使将出来，敌人一见这阵势，多半会想，前三招已是这般了得，再打下去对我是大大地没有好处，胆小的兴许一紧张一害怕，就被老程瞅准破绽，斩落马下了。

因此，我在酒桌上对付不清楚我虚实的人时，都是一上来就连干三杯，把他们镇住。

当然，这办法只适用于那些不十分聪明也不十分愚蠢的人。因为，特别聪明的人总是很轻松地就识破我的鬼蜮伎俩；一个浑人呢，要是拗上来和我较劲，很快我也就倒下了。

我不知道顾扬是这三种人里的哪一种，但是，我很明确的是，接下来一分钟里发生的事，使我从程咬金变成了程咬金的敌人。因为，我想要立威的对象从容地端起酒杯，扬起脖子一饮而尽！

真的是一饮而尽。几乎没有换气、吞咽等常规动作的出现，就像是往一只漏斗里倒酒一样！

结果是，我，被她镇住了。

后面再不敢提干杯的事，一个劲儿地埋头苦干，努力加餐饭，并尝试着把话题转移到饭菜上来。

"这鸭肉味道不错，你怎么不吃？"我问道。

她的筷子始终没有越过桌子的中线，伸到我这边的盘子里来。

"我吃素。"

"你吃素？"

吃素？有意思。

秧子总说我像和尚，若是给他见到，莫不要说她是尼姑？

接下来该不会教育我"上天有好生之德"……吧？

我一向认为吃素的都是不知好歹的人。上天创造那么多种动物，为的就是互相吃来吃去，这是自然铁律。任何妄图颠覆这种自然铁律的人，当然都是不知好歹的。

一边在同情她的同时更加大口地吃肉，一边欣赏窗外的马路景色。对面的美专不时有穿着奇怪的人进进出出，倒是和冬未颇有异曲同工之妙。

"搞艺术的人可能都不太正常，他们的思维和我们普通人真是不一样。"我摇摇头不敢苟同。

她看看外面，"可能是吧。有人说，到美术学院找厕所，如果里面都是长头发的，那就是男厕；如果都是短头发的，才是女厕。"

有意思！哈哈哈 ~~~~

我看着正穿过马路，头发短到几乎光头的一个女生，愉快地笑起来。

1分钟后，我的笑容冻结在脸上。因为——

几乎光头的女生正隔着玻璃，兴奋地冲顾扬摆手。

我惊慌失措地看着她从门口走过来，又更加惊慌失措地听到她对着顾扬说："顾老师，星期天还来学校？"

老……老师?!

我张口结舌，脑袋嗡地一下涨得老大。

"老师，他是你男朋友吗？"几乎光头的女生怀疑地看看我，"他脸干吗红成那样？"

3

如果前方 100 米有个酒醉的司机看到我，不知道会不会踩刹车。直到我们结了账、走到路上，我的脸还是红得像个猴子屁股。当然，这与那两瓶"青岛"无关。

"原来——你是美专的老师。"我低着头，不敢看她。

"于燕，你再继续盯着地上，很快就会捡到钱包了。"

她在我的对面站住。

"画展很好看，你的那篇印象派的报告也很不错。"

靠！还玩我?!

我羞愤地抬起头，却看见她温柔真诚的眼睛。

我一下子就被融化了。是的，一下子。

"其实，我一点也不喜欢印象派。"我老实招认。

"说老实话，我也不喜欢。"

我们望着对方的脸，同时笑了起来……

"好了，"她一边走，一边说，"现在你知道我是个老师。"

"嘿嘿。"

"可能我还比你大两岁。"

"呃……"

"而且我是个'搞艺术的'。"

"……"

"思维还不太正常。"

"不是……"

"那……你还愿意送我回家吗？"

哎？

"当然不可能——"我也要逗逗她，"不愿意。"

于是我们又走回到美术馆。路过天桥时，我扔了几枚硬币给一个乞丐。

等了约莫有十分钟，公车才远远地露面。我翻出皮夹，准备找点零钱。可是翻了半天，最低面值都是十元一张的（虽然最大面值也是十元的）。这才想起，零钱都给了刚才那个要饭的了。

活该！我痛骂自己，让你装！平时怎么一见要饭的就躲着走呢?! 装!!

大概顾扬也看出了我的窘迫，也在自己兜里翻查一遍，最后，很遗憾地对我摇了摇头。

我当时心都凉了。最后的希望也破灭了，怎么办?打车吧!……靠！今天荷包损失可是惨重之极。

"哎，我有办法了。"她突然扯住我，"跟我来！"说着转身就往天桥上跑。

什么？她想干什么?! 我又生出一种不良的预感……

我满腹狐疑地跟在她身后，看着她蹦蹦哒哒地跑到那个要饭的面前，站住、蹲下，说："还记得我们吧？刚才——"向我一指，"他给了你零钱的。"

不良的预感更强了，手心也开始出汗～～～～

"我们没零钱坐车，所以……"

我所担心的一幕终于还是发生了。她从地上肮脏的铁盆里拣出两枚硬币，"我只拿两块。"

！！！！

…………￥%#·*－……

天哪！九天神佛、大卫·科波菲尔、小叮当……赶快把我变不见吧！！

这时，已经有很多路人在盯着我们了。

"这俩人是疯子吗？"

"真是什么人都有啊！"

窃窃私语的情侣、带着小孩的妈妈、五大三粗的爷们，脸上都写着这样的表情。

我转过身去，抬起手挡住脸。

她真的不愧为搞艺术的。而且，真的不太正常。

4

这趟车仍然没有座位，我一手抓住车顶的扶手，一手撑在车窗的栏杆上，形成一个半区隔空间，把她圈在里面。

还好刚才那乞丐没和她争抢，也许他行乞多年，也没见过这样的吧。

我用眼角余光瞄着这个奇怪的姑娘，从我们第一次见面起，她就不断让我受惊吓，但我又找不到合法的理由指责她。

"这不是突发状况么！何况我还留给他一半。"

"可是……"

"你觉得丢脸吗？这有什么可丢脸的?！"

"但是……"

……

和她距离如此之近，可以清楚地看到她稍嫌发黄的皮肤和脸上的几个雀斑。我不敢像她盯着我那样，直勾勾地盯着她。只是不时地用眼角溜溜。但无论从哪个角度看，她都更像个女学生，而不是老师。

一股淡淡的药味渐渐钻进我的鼻腔，应该是从她身上发出来的。

不是香水，而是药味？

算了，这没什么值得奇怪的。今天奇怪的事情已经够多了，我不需要另找一件让自己已经休克的脑神经再次经受摧残。

"我太累啦~~~ 也该歇歇啦~~~~ 给自己留点空间~~~~~~"刘欢正在车上的收音机里这样唱着。

刘欢真是个好人，他也知道我此刻需要的就是这个!

公车摇啊摇，摇到了青年桥。车上的人更多了。

在这拥挤的公车上，曾经有许多个趁乱大占便宜的机会，可是我没有珍惜。我一直努力稳住下盘，和她保持一种君子的距离，正如我多年保持的一个姿势——等待爱情的姿势。因为我不晓得，什么时候在哪里，爱情会突然找上我。

秧子总是为我担忧，"以你这种乌龟加鸵鸟的个性，搞不好真的会变和尚。"

冬末也说，"先下手为强，先抓上一个有钱的作备用。进可攻、退可守。"

他们一直认为，我比外表看上去更加消极、迂腐。而我也知道，我比他们认为的还要更加——消极和迂腐。我固执地认定，凡事不可强求，是你的，总是你的。

那么，一个吃素、喝茶、和乞丐讨钱、身上带着药味的老师呢？

我认命，既然上帝要如此安排。

第四章 誓 愿

1

回到宿舍时,老三向我报告说,冬未"又"犯事了。

我已经记不清这是她第几次白榜题名了。

最近的一次是在校运动会上,一个外系男生对我们班一女生口出不逊,当事人还没有怎样,冬未早已火冒三丈,举手便打,那小子吓得拔腿就溜。结果一个逃,一个追,在操场上作快速圆周运动达十数分钟之久。那小子哪里敌得过着夸父精神的冬未,实在跑不动了,乖乖让她端了两脚了事。但因为这个,冬未也被通报批评了。

这次又是为了什么?

出事的时候,我们三个都是聚在一起商量对策。

"谁不好惹,去惹那个'2000 年新款'?!"秧子恨恨地,"你就不能再忍几个月吗?毕了业你爱把她大卸八块也没人管。——这回可好!"

"废话!就是给她惯的!看她那牛 B 烘烘的样儿,欠扁!大……大不了给我记过呗,我还怕她了真是!"

"看给你能耐得啊!……"秧子气得说不出话来。

"记过?能这么严重吗?"我很天真地问。

"能——吗!她都差点跟人家动手了,还'能——吗'呢!"

如果这个学校里有人最欠扁,那一定是女生宿舍管理员。如果女生宿舍管理员里有人最欠扁,那一定是冬未她们舍的"2000年新款"。

更年期再加上对年轻貌美的女生们的嫉妒,这个手握大权的婆子在宿舍里从来都是趾高气扬、横行无忌。多数人都迫于淫威,乖乖陪笑脸送东西。若是碰上个别威武不能屈的,轻则通报批评,重则记过,势必整到你老实为止。

女生们恨得牙痒,背地里封她为:

"腰粗腿短,

大屁股圆脸,

2000年新款。"

对象是"2000年新款",我毫不怀疑冬未这次的行为纯属正当防卫。

"你们寝室卫生又被判不及格了?"我问冬未。

"不是。我们寝小兔和欣欣在走廊打羽毛球,这个贱人上来说声音太大,干扰她工作,把拍给没收了。"

"你就又抱不平了?"

"我忍不了了。小兔检讨也写了,她还损了她一中午,小兔都气哭了!"

"真他妈该打!"

"你还夸她?"秧子没好气,"记过可是要带进档案的,你说怎么办吧?! "

怎么办? 凉拌!

人在矮檐下,说不得,只好装一回孙子。

冬未抵死不肯屈从, 我只好和秧子带着一箱苹果, 晚上摸到"2000 年新款"的家去。

见到礼物,"2000 年新款"满脸堆笑,铅白的粉底堆在皱褶里,一道道煞是壮观。

"也不是我要跟学生为难,学校是有规定的。"

口风转得多快啊!

"是,老师,她也知道错了。"我赶忙圆场,顺着她的话荏苒扯下去。

"哎,我儿子要高考了,其实这些天我心情也挺急躁的,可能就严厉了点……"

"老师看着这么年轻,您儿子都这么大了? 不像啊。"

我闻言立仆。秧子的马屁之肉麻、反应之机敏,我真是自叹弗如啊。

"2000 年新款"脸上的白色皱褶更深了,形势瞬间柳暗花明、一片大好……

"小人、小人!几斤苹果就打发了。"从她家里出来后,我忍不住愤愤地念叨。

"这么下九流的货色,怎么混进纯洁的校园的?妈的!八成是跟校长有一腿。"秧子的嘴一向刻毒。

"看她那样子,一脸性饥渴,找十个八个的 ** 她,我看也满足不了她!…………%￥#•*(以下省略不文明语言一千二百三十字)"

"秧子,不用……这么恶毒吧?"

"恶毒吗？"

"挺恶毒的。"

"那就抽她大嘴巴子,然后问她:'你知道为什么打你吗？'——'不知道'……那就再打,然后再问:'现在知道了不？'直打到她说'知道'了为止！！"

"呃……嘿嘿。"

也难怪秧子会气得发疯,他大少爷打出娘胎,从没有这么低声下气过。再不骂两句过过干瘾,没准会憋出内伤。我们实在郁闷,边走边不住泄愤。

但我们的忍辱负重终究收到了成效。隔天,记过降为通报批评。

冬未指天发誓,毕业证书一旦到手,定然报此血海深仇。

第三天是清明,果然如天气预报说的那样下起了小雨,缠缠绵绵、腻腻歪歪。寒气从皮肤一点点透到骨髓里,又湿又黏,带着种阴谋诡计的味道。

同样是冷,我更欣赏数九寒冬的冷。北风割着你的肉,是那种一刀毙命的冷,爽快利落。

我猫在阴暗的宿舍里,百无聊赖地想着顾扬。

不知道她现在在干吗？

我承认我对她是有点好感，只是"有点"而已——吧！

那她呢？

不用说，她肯定认为我是只猪。也许在和朋友聊天的时候，也会嗤笑着说，"那个人简直就是个土包子，一脸呆相……"

如果她不打电话过来，是不是就代表这出戏没有演下去的必要了呢？

要不……给她打个电话？

我拨了3个键，又放下话筒。

再拿起，再放下。

反复折腾了半天，电话铃突然石破天惊地响起来。我吓了一跳，赶忙抓起听筒。

嘟……嘟……

没人？那么电话铃怎么还在响？

我这才想起不知道被扔到哪儿去的手机，手忙脚乱地在床上胡翻一气。

"喂？"我喘着气说。

"是于燕吗？"顾扬的声音稳稳当当。

"啊，不好意思，我刚才没听见。——正想给你打电话呢。"

她会不会说，我们真是心有灵犀呀。

她是搞艺术的，自然不会那么说。

"于燕，你喜欢《老情歌》这首歌吗？"她问了个风马牛的问题。

"啊？——哦，还行。您有什么指示？"

那是文化节歌手比赛那天我唱的歌，也就是由于她一巴掌被打断的那首歌。怎么突然问起这个来了？

"我想……听于燕版的。"

"现……现在？"不是吧！

"难道还得预约吗？"

……听听这是什么话！

"不就是唱个歌么，没问题，你求我我就唱。"

其实我也就是过过嘴瘾，她会如何反应我心里明镜儿似的。果然——

"……算了，不用了。"

我几乎都能看见她拉到地上的脸。这种硬邦邦的个性真是一点不可爱。那么于燕同学究竟看上她哪一点了呢？废话！我要是知道还用问你吗?!

唉!～～～～～

"开个玩笑嘛。你也得让我平衡一下啊！要不是因为你，那天我可就一炮而红，成星了我。"

"还记仇哪？"她不好意思了，"你唱的可比说的好听多了。——到底唱不唱啊？"

唱!……

卖唱的于燕清清嗓子，迅速在脑袋里串着歌词。

"我只想唱这一首老情歌，让回忆拥满心头。

当时光飞逝，已不知秋冬，这是我惟一的线索。

人说情歌总是老的好，走遍天涯海角忘不了。

我说情人却是老的好，曾经沧海桑田分不了。

……

我只想唱这一首老情歌，愿歌声飞到你左右。

虽然你不能和我长相守，但求你永远在心中。

我只想唱这一首老情歌，让往事回荡在四周。

啊，事到如今已无所求，这是我仅有的寄托。

……"

唱完了，我的喉咙发干，嘴里发苦。我发现我竟然比那天在台上还要紧张。

"嘻嘻，原版吧？"

电话里悄没声息。

"嘿嘿，你不是感动得哭了吧？"

我本是开玩笑，没想到真的听到了吸气声。

"我是开玩笑的，"我慌张起来，"你……你怎么了？"

"当然是被你感动了啊。"她的声音欢快得不太自然。

"于燕，明天你有空吗？"她不给我疑惑的时间，迅速补上一句。

"当然，我随传随到。"

"9点半，我在市政广场等你。"

市政广场就在她家附近，我转了一趟车，提前10分钟报到。

然而，我还是晚了一步。

像是一出生便已在那里一般，她立在喷水池边上，气定神闲。

看来早到毕竟有早到的好处，看她那副一切尽在掌握中的样子，我有些微的不快。虽然表面上看，我是那个被追求，惹得旁人妒羡的人，但内里却是甘苦自知。

在我们两个之间，我始终是处于下风的那一个。

她扯过身旁的自行车,推到我面前,"来吧,我带你去个地方。"

看看,命令的口气!

还真以为我不敢说不吗?!

最起码也应该用疑问的语气,比如说:"我们去 *** 怎么样?"或者"你能带我去 *** 吗？"

真是太没礼貌了!!

我心底这样抱怨着,实际却已在马路上了。

顾扬伸出右手,搂着我的腰。

我故意骑得很慢,隔着层层叠叠的衣服体会后背上的温暖。

"今天天气真好。"我说。

"是啊,没有风,有点懒洋洋想睡的感觉。"

高中的时候,我曾经有很多次边骑车、边睡觉的经历。那会儿实在太缺觉了,碰上人少的路段,几秒种就能打个盹。

我把这个讲给她听,她笑了起来。她的笑声很清澈,但却有丝压抑,不同于冬未的毫无顾忌的大笑,也不同于我妈的神经质般的尖笑。

闲扯了半天,我才想起一个最重要的问题——

"我们到底要去哪？"

"玉佛寺啊。我刚才没说吗？"

你什么时候说了?!

居然还一点愧疚的意思都没有。

可是……去那儿干吗?

玉佛寺！真是个最有创意的约会地点。

这下子真成了和尚尼姑了，我仿佛看见云朵变幻成秧子讥笑的脸孔。

我的内力实在不够深厚，到了目的地，双腿酸软，感觉像是刚跑完了一千五百米。

"是不是很累？我看你满头大汗的。"

看扁我?！妈的！一定要死撑！！

"没，没有。今天穿太多了。"

每次秧子向我炫耀他那健美的肌肉时，常会加上一句，"生命在于运动。小心你头脑不发达、四肢更简单。"现在不得不承认，他的话也有一定道理。

尽管不是节假日，玉佛寺的善男信女还是很多。正殿门口的香炉金光闪闪，足有半人多高，香灰满得几乎要溢了出来。

这是个超豪华的阵容，豪华的寺庙里住着豪华的和尚，豪华的香客们许了大愿，实现了的就回来作豪华的功德。于是寺庙越来越豪华，香客越来越多。据说这叫品牌效应。

我看着顾扬从小和尚那里买了三根一米多长、每根都有婴儿手臂粗的香，走回大香炉前，在旁边的火炉里点燃，退后一步站定，将那三根棍子高举过头，拜了几拜，郑重其事地插好。

太滑稽了。我掐掐自己的手背，以免控制不住笑出来，那样我可就死定了。

等她上完香，我们去参观了几个偏殿。其间我向她请教了几个基本的佛学问题，她竟然很大言不惭地回答我说不知道。见她一副好奇的样子在罗汉座像前转来转去，又不像是假装出来的。

出来趴在栏杆上休息时，我寒碜她，"你连佛祖姓什么都不知道,还敢自称信佛?"

"谁说我信佛?!"她一副"你很白痴"地样子看着我,"照这么说,光头的就都得是和尚?"

"……"我被她噎得一怔。

这是什么诡辩?那她到这个鬼地方干吗来了?

"好,你不信,是我信。"我没好气。

但她并没有发觉我的不悦,只是呆呆地望着天空,目光迷离。

她在看什么?我也抬起头——

很正常啊。天空没有变成红色,没有出现九个太阳,没有飞碟,也没有佛光。

"于燕,你说,到底有没有天堂和地狱呢?"

"啊?"我转过头,看见她迷惘的脸。

"嗯……"我想了想,"应该是没有吧。"

"我也不相信有,——不过我愿意相信,'很'愿意相信。"

"相信"和"愿意相信"有区别吗?

我想起尼克常常抛出来的惊人问题,比如:高兴、快乐、欢喜、愉快,究竟有什么不同?然后我们就会集体傻眼。作为一个对汉字信手拈来的中国人,我们从不会有这种疑问。那就像吃饭要用嘴、大便前要脱裤子一样,谁都明白,无需解释。也只有一个孔乙己,才会钻研茴香豆的"茴"到底有几种写法。

所以,我听不懂她的话,并不是我的错。

"这个命题实在太深奥了,还是留给后人去研究吧。"

"有道理。那……去拜佛吧?"她雀跃地说。

还来?!

"喂,我可是受过高等教育的,坚决抵制封建迷信……"

“不去拉倒。”她撇了撇嘴，“那你帮我拿着。”

她把背包塞给我，自己走上石阶。我只得尾随其后，爬到高高在上、巍峨庄严的大雄宝殿去。

殿内的人更多，顾扬排在几个老头老太太后面，等着参拜。

我抬头打量佛祖的座像，眉目细长、似笑非笑，一副慈悲模样。虽然明知是个泥胎，倒也不敢起了亵渎之心。

音响里播放着悠扬的梵歌，来来去去都是一句“南无阿弥陀佛”。想起刚进寺门时顾扬的评语——“如果用心去听，你就会平静下来，真的有洁净心灵的作用。”现在身处其中，竟然也真的有些物我两忘的感觉了。

我从透不过气的人群中挤过去，站在佛像右侧的角落。

一个中年女人站起来，退后。

顾扬走上前去，站在那女人刚才的位置。她双手合十，置于胸前，低头垂目，嘴唇轻微地翕合着，然后跪在蒲团上，磕下头去。

从我的角度，正好可以看见她的脸。

她直起身，微扬着头，两行泪水从眼角涌出。滴答，滴答……洒在明黄色的蒲团上。

这是怎么了?!

我有些懵。

女人真是一种奇怪的动物，贾公子说了：女人是水做的。那么说每个女人都是一座贮备丰富的水库，只要开闸，就源源不断奔流不息。

我接触的女人不多，要举例也只能从我老妈那里下手。可是虽然我跟她混了二十几年，还是没能总结出什么规律。我老妈放水带有非常不确定的随机性——

　　有时候具有强烈的目的性，比如跟我爸打架打不过、我和我哥不听她的话的时候，这时候她那些掺了无机盐的废水就变成了一件战无不胜的利器。因为贾公子又说了：男人是泥做的，——我们家有三大摊烂泥，这么一冲可不就溃不成军了。

　　但更多的时候是没有原因、毫无预兆的。比如看书看电视剧的时候，甚至是发着发着呆就突然下雨了，这时候我们仁就会很有默契地闭嘴，夹着尾巴各干各的去。因为以前吃过亏，如果下的药对症，那就没的说，如果不对，就死了，我妈能上勾下联的把老于家损到墙旮旯去，最常用的一句话是："没一个好饼"。可惜我们下对药的时候非常之少，少到两只手都能数得过来。说到这个我就更气了！我们家老头白在医院混那么些年，到现在还摸不准夫人的脉！——算了，看在他是在住院处当会计不接触病例的份上，我就不追究了。我们家大鹰呢，虽然比我多跟老妈混了三年，可是也没取得什么突破性的成果，所以直到今天，星星还是那个星星、月亮还是那个月亮。

　　所以我也不想去研究顾扬突然下雨的原因，我干吗要跟自己过不去呢？

　　而尽管她哭起来不怎么好看，我还是生了根似的站在原地。因为此时的她，看起来那么圣洁，像是献祭给神灵的处女，是需要我这个凡夫俗子仰视的。

　　不管她在求恩些什么，如果真有神灵，请准了她吧。你忍心拒绝这样一张虔诚的脸吗？

　　当时我的的确确是这样希望的，因为，我并不知道她许了个什么样的愿。

　　但是等到我知道的时候，却已经来不及反悔了。

第五章　求婚和离婚

1

"好了，又不是晚上，我自己回去就可以了。"

"你确定？"

"确——定——"

"真的不用？"

"真——的——不——用——！"

"那……过马路小心看车啊。"

我站在市政广场的喷水池边，把自行车推还给她。

她站着不动，只是盯着我看。

我被她盯得有些不自在。于是我摆了一个破式——

低下头，然后向斜上方 45 度角甩一下头发，右手拇指和食指比了一个"八"的手势，托住下颌，微微眯起眼睛，斜睨着她，"怎么样，是不是觉得我很帅？"

"不是很帅，是很贱。"她笑了起来。

"过奖过奖。"

她止住笑，郑重其事地说："于燕，你是个好人。真的。"

好人？

这不是一句赞美。

如果别人说你是个好人，那就等于说你是个傻子。就等于说，你和"财富、权力、美色"都不沾边，而且不会长命、没有好报。

而如果一个你有那么点感觉的姑娘说你是个好人，那就等于说，她不喜欢你。就像说"我一直把你当作哥哥来看待"，本质上是一样的。

我心里一阵发酸，"回去吧。"

她接过车子，"那……"，抬起右手，竖起拇指和小指，在耳旁比了一个打电话的姿势。

我点点头，也做了个相同的手势。

站在原地，我望着她穿过马路，心里巴望着她能回过头来，冲我摆摆手什么的。但我的希望落空了，她的背影迅速消失在我的视线里。

"小燕燕，你怎么那么哀怨哪？"

晚上坐在冬未家的酒吧里，秧子好奇地问我。

"冬未，你说……嗯……那个……嗯……"太他妈丢脸，不知道应不应该问。

"有屁快放！你不嫌憋得慌我还嫌呢！"有人急了。

我又考虑了一下，怎么说冬未也算是个女的，可以咨询看看。

"是不是你们都不喜欢太规矩的男的？"我横了心一口气说完。

"哦……"冬未拉长声音，"我就知道，你一定是手脚太规矩了。"

"什么?! 你们都处了……"秧子掐算一阵,"……有一个多月了吧? 还没攻下来呢? 看你这欲求不满的狗样儿!"

"你懂什么! 我像你那么下流无耻卑鄙龌龊吗?!"

"谢谢。"

看,这狗人脸皮多厚!

"哎? 小燕燕,我发现你最近口条见流利啊,你们……"他又冲我淫荡地努努嘴,"怎么训练的?"

我充满鄙夷地斜棱着他,要不是怕影响不好,我真想上去给他结结实实一顿胖揍,而且要使出吃奶的力气!

"你别在这瞎搅和!"正义者冬未站出来了! 555~~~ 我感动得都快哭了。

"我说你吧,"这是冲我了,"也是窝囊点儿。虽然尊敬女性是种美德,可你也不用把她打板儿供起来吧? 她是你女朋友,不是观音菩萨! 拿出点男人样来啊,抱抱她啦、亲亲她啦,大不了被她打一巴掌呗。"

"切! 你以为都像你那么暴?"秧子插了一句。

"去去去,一边待你的去! 大人说话小孩别插嘴!"

"得。我不跟你一般见识。"秧子转身搭住我的肩,"其实呢,这里面有个'度'的问题。女人就是这样,你不碰她吧,她就认为你对她没感觉;你要是碰得太多了,她又会说你不尊重她。唉,小燕,慢慢学习领会吧。"

"装屁!"冬未瞪他。

我们的语言交流很轻松,可是真要付诸行动,我的思想包袱还是很沉重。

后来曾经有两次，分别是在她家楼下和街上，我试图跟她作更进一步的接触。当时我提气丹田，鼓足了劲举起手……然而却只是在她背后画了一个圆转如意的太极图，就此耷拉下来，功亏一篑。

这使我很沮丧，丝毫不亚于一个猛男在最后冲刺的紧要关头突然泄气……的那种沮丧。

"她是你女朋友，不是观音菩萨！"

她是吗？

这样就算是女朋友了？

应该……是吧？没错！

……！￥%#–*——

一片混乱，一片沮丧。

2

尽管沮丧，我还是约了她一起去给秧子买礼物。11 号是这小子狗长尾巴尖儿的日子，我打算在那天正式把她介绍给他们认识。

我们在步行街夜市上逛了一个小时，还是不知道要买什么才好。他大少爷什么都不缺，送打火机钥匙包这些东西，顾扬又说太俗。何况我们是君子之交，这个么，还是清淡些的好。超过两位数字，就是我不能承受之重了。

但我知道躲是躲不掉的。提前一个月，秧子就已经昭告天下，隔三岔五的还得旁敲侧击一下，提醒冬末不要脑袋一热，就把钱全都花光；警告我，去年宣称把钱捐给失学儿童的伎俩已经不管用了。

"过个生日而已,不用这么累吧? 就是这个了。"

我站在一个卖陶器的摊位边上,拎起一把紫砂壶,回头问道,
"你看怎……? "

哎? 人呢?

我仓皇四顾。夜市里这么多人,早知道就拉着她了。

必须得重申一下——长的高就是有长的高的好处。就像从一
丛火焰里辨认出一粒火花,我从来来往往的人流中找到了她。

她站在离我 20 米远的地方,正弓着腰在研究什么。

"大姐! 你能不能别乱跑? "我走到她身边,说。

"送这个吧,友谊之树常青。"她直起身,眼睛仍然盯着货架。

"什么? "

梯子形的木架上摆着许多盆植物,除了仙人掌,别的我都不认
识。

"两位要买什么花? "老板殷勤地问道。

"这盆万年青多少钱? "她指住一株绿油油的植物。

"60 块。小姐真有眼力,这花最好养了。"

原来这个叫万年青,名字叫的真是响亮。形状也很有趣,叶片
只有指甲那么大,圆润厚实,密密麻麻的堆叠在一起。

"你觉得呢? "她的脸上写着期盼。

我不忍拂她的美意,况且秧子这小子也不值得我这么劳心劳
力。

既然决定买了,我们就跟老板讲起价钱。可是这个奸商拿准了
我们是诚心要买,居然跩起来了,"45 块! 不能再少了。"

"什么？太贵了吧！我们都是学生，你就少赚点嘛！"顾扬不死心，继续软磨硬泡。

"哎呀！就是看你们是学生我才给你这个价钱，你要是不要那我也没办法，我不能一分不挣是吧？"

"那算了！"顾扬脸色铁青，拉着我就走。

"得得！买了买了！"我掏出钱包，也不管她是拽我的胳膊还是使眼色，不由分说地结束了这场战争。

不就是几块钱的事儿么！弄得她不开心，我自然也跟着不开心，实在不划算。

一边往回走，她一边不甘心地埋怨，"不是说不买了吗？你看！到底还是让人家赢了吧！"

"什么输赢的！多大点个事儿啊?! 喜欢就买了嘛！不差那 5 块钱。"

"这不是钱的问题，是值不值的问题！本来它就值 40 块嘛！"

"哎呀，人家挣点钱也不容易。我说你们女人吧，就爱计较这点小便宜……"话一出口，我就恨不能咬断舌头。这不等于引火烧身吗？不好！大大的不好！

果然，顾扬柳眉一竖，掉转枪口冲我开炮，"你这人怎么胳膊肘朝外拐啊？我好心帮你省钱，你不感激我就算了，还帮着外人对付我?!"

对付她?! 这……这是从何说起啊？

"我没有那个意思……"

"还瞧不起女人！都像你们那么大手大脚的，日子还过不过了?! 5 块钱！你父母挣钱容易吗?! ……"

咦?这段怎么这么耳熟??我想起来了。是我们家那对老活宝,类似这样的台词是经常出现的,我怎么给忘了呢?

日子还过不了了?! ——她说,日子。

这个词猝不及防地击中了我,喉咙里突然有一种温暖的东西哽上来,望出去,她气咻咻唠唠叨叨的样子显得那么可爱。我想着,微笑地想着。

"你还挺美的! 真是……说你什么好呢?! "

在我打不还手骂不还口的专业精神感染下,她终于没辙了。

"不生气了? "我见缝插针。

"还生什么气呀,我就是有点不平衡。"

"那咱想法平衡平衡不就得了。"

"那好……"她略想了一下,突然小脸一亮,"我想要一枝郁金香! "

郁金香?

妈的,于燕,你这笨蛋!

"No problem! 一枝什么啊?一捆! 非得买一捆不可! "这任务太轻松了,轻松加愉快。

没想到她这么轻易地放过我。

她会这么轻易地就放过我吗?

"买什么? 我是说偷! "

不,她不会。

"——刚才那家就有。我都看见了。"

"什么? 偷? 那,那怎么行?! "我有些口吃,她都是这么教育她的学生的?

"怎么不行?! 我是给你个劫富济贫、替天行道的机会嘛! 姐姐

我是蛮不讲理的人么?!"理直气壮地 ~~~~

"是……不!不是!……"

"算了,当我没说过。"她霍地站起身。

我忙拉住她,"哎哎!……你也给我点时间想想办法嘛。"

正义与邪恶两种力量在心中交战,私欲终归占了上风。我拿出小时候在学校门口偷小贩汽水糖果的勇气,准备再冒一次险。众目睽睽之下,真是不可能的任务啊。

于是我放下花盆,走回方才的摊位去。

"老板,不好意思,这是刚才找我的五块钱,能不能……帮我换成五个一块的?"

老板很好说话,当真收了钱,翻开钱包,一二三四五地数起来。

趁他找钱的当儿,我从地上的塑料桶里迅速抽出一枝郁金香藏在背后。时机掌握得恰到好处。

"下次再来啊。"末了,老板还大方地邀小偷再次造访。

这位大哥,你放心。我不会再来了 ~~~~

我道了谢接过钱,迅速逃离犯罪现场。

顾扬笑吟吟地看我走近,"怎么样?得手了吗?"

"这回平衡了吧?"我掏出赃物递给她。

她把花举到鼻子底下,闭起眼睛,深吸一口气。

看着她陶醉的表情,我也有些陶醉。觉得这一切都值了,就算被送进派出所,也值了。

看着她和花重叠在一起的画面,我突然想起上次看超级访问时胡军讲的那个求婚的故事。我这儿再配一单腿跪地的动作,就齐了。

于燕，你可不要冲动啊！咳咳！～～～～～

还是顾眼前，先帮助她纠正观念、改恶从善吧。

"只此一次，下不为例啊。"

"知——道——了！不会让你去杀人放火的。"她拍拍我的肩膀。"乖孩子！姐姐待会给你糖吃。"

孩子。仗着早出生两年，她一直这么叫我。

其实她才是个孩子呢！一个任性的孩子。

早半年，打死我都不会相信，自己居然会堕落到这个份上。

以前看金庸的时候，我就下定决心要找个小昭那样的，赵敏虽好，毕竟太任性了。我最烦的就是任性的女孩子。可是感情这东西根本不是你能控制的，就像军训那会儿打靶，满心瞄着十环，可子弹仿佛都有着自己的意志，不！简直就是跟你对着干，指哪不打哪，烦什么就偏来什么。

既然这样我还做什么无谓的抵抗呢？还是顺应历史潮流，举起双手向命运投降吧。

而此刻，我的战胜者正得意地笑着，空气中漫溢着若有似无的药香，像那天玉佛寺里的梵歌，一点一点，穿透我心中最混沌的地方……

3

我捧着万年青回到学校，宿舍楼下的草坪上仍然是鸳鸯成双，你侬我侬情意绵长。春天是发情的季节，每个人似乎都显得很冲动。

楼门口的阴暗处,一对狗男女正搂在一起,啃得难解难分。

走到跟前,我才看清,竟是老四和他的史努比。这史努比平时娇弱柔媚,没想到背地里作风这么豪放。

我没去破坏他们的好事,径直走上楼。

屋里只有老二和老三两个,老二正撅腚在窗前,举着望远镜,欣赏对面楼的风景。

"老大呢?"

"加班。"老二头也不回地说。

又加班!老大早晚要被他老板剥削至死。

老大是寝室里最早找到工作的,整天忙得脚打后脑勺,经常发出看破世情的感慨:"这年头,钱真他妈难赚。现在才知道爹妈养我们有多辛苦。"

我抬头看看上铺,老三鼾声如雷,睡得像头死猪。这孩子命好,蒙上了一个保送读研的名额,就此过上了腐败的生活,悠哉悠哉颐养天年。

专注的老二让我想起《本能》的续集。

"老二,以你的行为打一部美国电影。"

老二想了想,抛给我一个字,"滚!"

"老二,这样也不是办法,干脆跟她挑明了算了。"我开导着痴心的老二。

"马上就毕业了,还有什么扯头?!要是我咔嚓一下被撅折喽,咋办?"

"你不踹一踹怎么知道?"

"我怎么踹呀？你是站着说话不腰疼，我哪有你的狗屎运?! 飞来艳福。"

话音刚落，熄灯铃就响了。

伴随着老二的哀鸣，黑夜降临了……

刚刚有了些睡意，电话来了。

"于燕!! "被吵醒的老四怒不可遏。

靠！谁他妈这么会挑时间?! 我钻出被窝，机伶伶打个寒战，踢踢踢踢地跑到窗边，接过老四手里的电话。

"喂？哪位？"

"您好。"像人工台小姐一样机械甜美的声音。

"呃……你好……"???

"对不起，您的姿势不对，请起来重睡……"人工台小姐的声音甜美得很不对劲。

"……"一、二、我心里默数，三、四、五——

"邱——冬——未!! "我陡然拔高声音，"你没事闲的啊！你看看几点了都！痛快儿睡觉去!! "

"哈哈哈哈 ~~~~~ 嘟……"

我瞪着手里的话筒，恨不能马上把她从电话线里拽出来海扁一顿。

哆哆嗦嗦钻回被窝，慢慢地，眼皮又开始发沉……

"铃! ~~~~~~!!! "

?? ……!! ……

"我靠!"上下铺同志一统地靠了起来。

死了！我又气又怕地想。被夜叉害死了！

"于——燕——！"再度被吵醒的老四磨牙霍霍。

我只得再钻出被窝，寒战都忘了打了，踢踏踢踏地又跑到窗边，点头哈腰地！接过老四手里的电话。

"还没玩够啊?！"我直接吼过去。

"……"一、二、被震住了吧？三——

"死犊子！"一声熟悉的尖叫穿透我的神经中枢，"跟谁说话呢?！"

我一下子就清醒了，"啊?！——妈?！"

怎……怎么变成我老妈了?！

"老妈，家里出什么事了？"三更半夜的，肯定出大事了。

"出大事了！我要跟死老头子离婚！"

咳，是这个呀。我还以为是什么大事呢。

什么？离婚还不是大事??——对，不是。——您不知道，在于燕他家，吵吵着离婚的频率约等于大便，差不多每天一次，但从来没兑现过。所以于燕和他哥哥于鹰，早已见怪不怪，达到不动如山的境界了。

"又为了什么呀？"我照老规矩问道。

"这日子过不下去了！你知道我睡眠不好，今天好不容易睡着，那死老头子也不知道吃什么了，一个劲放屁。臭就臭吧，还特别响！你说我还能睡么?！我说你能不能出去放啊？他说什么——你管天管地，还管我拉屎放屁?！把我气得呀！……我后来想想，我说我这半年多怎么一直犯头疼呢？这回可找着病根了——都是他给熏的！我要再跟他过下去，过不了多长时间你可就兴许见不着你妈了我可告诉你！"

"妈你别瞎说！"我简直快疯了。都奔六十的人了，这还像话吗?!

"你们离婚我也不反对。可到时候人家肯定得问：为什么离婚哪？您怎么回答呀？"

"实话实说呗！"

"好。人家问：你们为什么离婚哪?然后您就说：因为一个屁。是不是啊？那人家肯定立马把您撵出去。哦！泡我们玩儿呢?!"

"……"我妈不吭声了。

"看，我没说错吧？——给我哥打电话了吗？"

"还没有呢。大半夜的，你嫂子该有想法了。"

不错！我老妈还残留着一部分理智。"那就别打了。赶快睡吧啊！让我爸上我那屋睡去。"

好不容易把老太太哄走，我的困劲儿也过去了。

如果我有记日记的习惯，我盯着上铺的床板苦中作乐地想，我一定会在日记本上写：

今天，真是美好的一天……

第六章　生　日

1

11号下午，我带着顾扬，到秧子的家去。

秧子的家是真正的海景别墅，我曾经去过一次，红瓦白墙，有个很大的后院。站在秧子那间屋子的阳台上，就能看见不远处的大海。他们家左邻右舍也都是些名人，政界商界演艺界，和平共处、相安无事。

秧子怕我找不到，远远接了出来。

我把万年青塞给他，"好好养着告诉你，这可贵着呢。"

"大哥，你玩我?! 我连自己都养得这么费劲，还养花?! "

他腾出一只手，跟顾扬握手，"你好你好。天天听我们小燕子念叨你。早就说咱们出来见见吃个饭，他老是推三阻四神神秘秘的……"

又玩这套人贩子哲学！我在旁边冷眼看着。

也数不清有多少无知少女被这招套牢了，现在居然想把罪恶的黑手伸到我家里来?! 不想混了真是！

我打掉他的黑手，"这花要是死了，你就预备给它陪葬吧！"

我们进了客厅，冬未和老二他们已经到了。

冬未今天穿了一条破烂的牛仔裤，外面还罩着一件类似窗纱的短裙，脖子上挂了五六条奇奇怪怪的项链。

即便和她同学了快四年，我还是不能完全适应，有时还会被她突然的新造型吓傻。

"这是邱冬未，像不像你们美专的学生？"

"嗯……有点。——她很会打扮啊！你不觉得吗？"

对，我忘了她是搞艺术的，审美观自然和我不同。

"我们是第二次见面啦，来，坐下喝点水。"冬未摆出女主人的架势。

"你的名字真特别。"

"咳，没什么特别。我是冬天出生的，属羊。就这么简单。"

冬未和顾扬一样，都是表里不一的人。

冬未看上去复杂，实际很简单。

顾扬看上去简单，但我隐隐觉得，她其实并不像看上去的那么简单。

2

按照秧子事先的指示，我引着顾扬去看海。

在这之前，秧子把我叫到一旁，问我："有条件要上，没条件创造条件也要上。这话是谁说的？"

"毛主席。"

"孺子可教。今天这么好的机会，可别说做兄弟的没帮你。"

湛蓝的大海、细白的沙滩……一个帅哥和一个美女在快乐地相互追逐。两个人站在海风中，彼此深情地凝视，然后——

男的抬手拨开女的脸上的头发，俯下头……

浪漫啊！偶像剧里不都是这么演的吗？

好。就照此办理了！

这里的海水并不清澈，沙子也很粗。正是退潮的时候，海浪泛着泡沫，把泥沙、海藻一次次推上岸来。

她走在我的旁边，白色的长裙被风吹得鼓起来，像一只大口袋。

这个样子太像电影里忧郁的女主角了。

我该用哪只手呢？

左手抱住她的腰，右手托住她的尖尖的下巴？

还是——

两只手捧住她的脸？

哪种姿势更漂亮一些？……

"你在干嘛？"

"啊？干……干嘛？？"

她一副"你有病吗"的样子看着我。

顺着她的目光，我看见了自己停在半空中的两只手——还保留着托捧的姿势。

"呃……啊，是——沙子！手上有——沙子。"

我干笑两声,把它们两个揣回裤兜里。

我们在沙滩上坐下,她看着海面,半天没说话。

由于心虚,我也不敢说话。

"于燕,"她双手撑在地上,身体前后晃动着,问了我一个奇怪的问题——

"你说,如果爱情可以保存,应该怎么做?"

以前有人问过我类似的问题,那是在初中的动物课上。年轻漂亮的女老师举着刚解剖完毕的青蛙,问我们:"如果我们要保存这只青蛙,要怎么做?"

"制成标本。"孩子们异口同声地回答。

后来我又学会了保存别的东西。

比如,萝卜、猪肉都可以加盐、风干;吃剩的菜要放进冰箱;写了一半的论文要按 ctrl+s。

但仍是动物课最让我印象深刻。直到今天,我还清楚地记得,娇滴滴的女老师手起刀落,将那只青蛙开膛破肚,就像切一根黄瓜般不动声色。

那么爱情呢? 也可以制成标本吗?

所以我郑重地回答她:"泡进福尔马林里?"

顾扬转头瞅瞅我,"真恶心!"

"恶心吗? 那要不然呢?"

她掉转目光,望着远方海天的交接处,缓慢地说:"我,我会把爱情放在透明的玻璃瓶子里,这样就永远可以看见它最真实的模样。"

我会把**爱情**放在透明的玻璃瓶子里，
这样就永远可以看见它最**真实的模样**。

3

　　我们回到那座大房子的时候,已经是华灯初上了。他们在后院的草地上支起桌椅,生了炭火,准备开始烤肉。

　　"于大吃,就等你了,赶快弄两个好菜。"看见我进来,冬未一副如释重负的表情。

　　"这是我们寝食神。还不赶紧露一手?"秧子跟顾扬吹捧着,后面那句,却是对我说的。

　　我二话不说,捋起袖子就进了后厨。

　　"冬未,洗四个土豆;秧子,把那些苹果削了皮;老四,剥点葱和蒜……"

　　大师傅上灶,不能少了打下手儿的。

　　有顾扬在旁,我存心卖弄,菜切的上下翻飞,炒勺颠的嗞嗞冒火。

　　哼哼!于某人家学渊源。沉寂了二十多年之后,食神终于重现江湖……

　　顾扬也没闲着,调了一碗烤肉用的配料。

　　"太少了,不够吃。"我出言指正。

　　"这个是'基础酱',每个人的口味都不一样,可以自己再加糖、加醋嘛。"

　　基础酱?!真是个天才。

　　嗯嗯!搞艺术的就是搞艺术的。

菜齐了,我端着最后一只果盘上桌。

老大今天又忙,没能过来。秧子、冬未、老二他们、史努比、尼克,加上我和顾扬,一共九个人,围坐在长条桌旁,开始据案大嚼。

顾扬不吃肉,我只好烤了许多土豆片、生菜叶给她。她吃得喷儿香,像是几顿没吃饭的样子。这种表现无疑比任何言语上的称赞更能令一个厨师高兴,打从心眼儿里高兴。于是我像一只努力讨主人欢心的哈巴狗,拼命给她夹菜。

也许是因为这是秧子在国内过的最后一个生日,他今天的情绪特别高涨。何况他酒量一向很好,我们每人敬他一杯,他依旧面不改色。

酒真是个好东西,它是把不熟悉的人拉拢到一起的见效最迅速的显影剂。三巡一过,原本还勉强端得住温良恭俭的一拨人,渐渐都有些放肆了。

不知是谁起的头,说着说着就扯到毕业后的去留问题上了。

就我们这些人里,如果按时间排序,第一个是秧子。秧子的终身是早许给了美利坚的,现在只等签证一到手,就远嫁和番去了。

接着是老大,打从大二开始,就撒到社会上去四处放线了,其人面儿之广工作经验之丰富都是我们无法望其后脑勺的。无论在寝室里还是课堂上,跑位都是飘忽的,在我们有幸见得到他的那点可怜的时间里,也是手机电话叫个不停,如今正在钓一条名叫平安保险的大鱼,估计签约的几率可达到90%。

后面是两个研究生,老三有亲戚在教育部,搞到一个保送北师大的名额;老四是为了爱情奋发图强,两口子互帮互助一起考研,结果夫妻同心,其利断金,竟然都上线了。当时把我们砸得够呛,心想这是什么世道啊?! 愣把《岳阳楼记》作者说成苏东坡的老四,居然考上了古代文学的研究生! ——这件事也从另一个侧面证明了人的潜力是巨大的、爱情的力量是伟大的。

老二算是行动比较迟缓的,我一度怀疑他是故意在和我拼。当然,他是拼不过我的,最后关头还是给导员送了礼。出卖清白的硕果是——省委组织部来系里挑人,导员就把他给送上去了。从此,组织部来了个年轻人。

就连冬末这个烧火丫头,也不是没有小算盘的。"总有一天我找个大款砸死你们!"我们听她这样表态已经听到麻木。估计是要打起背包南下淘金去了。

所以在离毕业只剩两个多月的时候看到我还不紧不慢游手好闲的太监秧子终于忍不住了,"你就不知道上火?! 到底怎么打算的啊?你是真不着急还是心里已经有数了?你倒给我们个痛快话啊!"

"我是真不知道,还没想好要干嘛呢。"一句话把他气死。

什么? 你不相信?

真是的!! 我干嘛要骗你呢?

我是真正、百分百、一点不掺假、完完全全发自肺腑这样想的!

我记得小学写作文《我的理想》时,(什么? 你没写过?? 那你肯定没上过小学。可怜的人 ~~~)——班上其他小朋友都意志远大,不是当科学家,就是当国家总理,最次也是人民教师。当然,那会儿比尔·盖茨还没横空出世,不然我们班的男同学的志愿肯定会更统一的。

我比他们本分得多,我当时老老实实在绿格子作文本上写道:我的理想是——长大以后在饭店工作,每天都能吃到红烧肉!!

就像那个著名的故事说的那样,农夫跟老婆闲聊,说,"要是我当了皇上，天天换新扁担挑水！"老婆翻个白眼，从鼻孔里哼声，"你个乡巴佬！人家皇上都用金扁担挑水！——没见识！"……

和那对淳朴夫妻一样，在我幼小的心灵里，红烧肉就是极致。我想不出还有什么是比红烧肉更美好、更值得为之奋斗的了。

当然，为了这个朴素的理想，我的屁股一度和老妈的巴掌进行了亲密接触，罪名是：没出息。

这之后我很识时务地把红烧肉改成了科学家。

后来我想，现在社会上之所以伪劣产品、奸商民贼那么多，往根儿上深挖，原来是因为他们从小就被教育：不能说实话。

可我纯真质朴的本色并未因时光的冲刷而有所消退，现在我的理想和红烧肉相比没有什么质的飞跃。

有一次在和秧子喝酒时我向他袒露了我的想法，我说我最大的梦想就是：弄个小屋，找个不用太漂亮的老婆，养两只猫几盆花；工作越清闲越好，最好能让我天天在家待着，钱少点没关系，够吃饱穿暖即可。

得到的回应和 N 年前一样，三个字："没出息"！只是免去了屁股板子，这不能不说是一种进步。

在两次均被挫伤的前提下，如果第三次我还要犯牛劲的话，我就是个傻 B 了。

我怎么能做个傻 B 呢？

"你以后有什么样的打算呢？"

所以在顾扬也这样问我的时候，我沉默了。

就在我思虑再三准备编个比较拿得出手而且可信的理想时……

"不用问，"冬未突然大声嚷起来，"他要回家当煮夫！谁娶了我们小燕那可真有福，啊？"并且是看着顾扬说的。

"闭嘴吧你！"我喝止她。

这主儿说话没个深浅，我现在肠子都悔青了，今天就不该带顾扬来！偷眼瞟瞟，她正低头吃一块茄子，似笑非笑。

"哎？小燕，"死！！她还没完了！

"你最近有点虚火上升喔。要不要我把秧子的礼物匀给你一半？"

咦？风向转了？？好像……有除我之外的人要倒霉。

"冬未，你送什么给老五了？"老三奇怪地问。

"冬瓜妹，你敢说！"

"冬未，到底是什么？"

"不准说！！"

"汇——仁——肾——宝！"

噗地一声，老二的一口酒喷在桌子上。

史努比很淑女地用手掩着嘴，吃吃而笑。

尼克一脸迷惘，追问着冬未："什么是汇仁肾宝？"

哈哈哈……

明天全班同学就会用那种"原来你……不行"的眼光看待秧子。

这真是太令人振奋了！

哈哈哈哈……

"年轻真好。我上大学的时候，也是这么快乐的。"顾扬突然感叹。

"胡说！好像你很老似的。"

"当然啦,我已经七十多岁了。"

"是吗? 看不出你保养得这么好。"

"我是说真的,"她认真地说,"在学校里的时候,都感觉不出它的好处,毕了业,时间越久,就会越怀念。所以你们要珍惜啊,它永远永远,都是人生里一段最贵重的时光。"

顾扬说完,喝了一口啤酒润喉。餐桌上忽然变得很安静,只有炉子里的炭火,噼噼啪啪地响着。原以为长得发闷的大学生涯,竟然倏忽而逝,像一场梦,醒的时候却想不起梦的内容。

"喝酒喝酒,人生得意须尽欢,想那么多干吗?! "

秩子端起杯子,站起来说,"顾老师……怎么这么别扭呢? 我直接叫你名字得了。——今天第二次见面,我敬你一杯。"

"不敢当,是我敬你才对。生日快乐。"顾扬也站起来,一饮而尽。

"好! 我就喜欢爽快的人。"冬未竖起大拇指,"来,我们也干一杯。"

顾扬并不推辞,仍是酒到杯干。

干到第四杯上,我开始担心。虽然她的酒量已经在实践中得到过充分的证明,但,一个姑娘家,这样喝酒,总不太好。于是当老三过来敬酒的时候,我抢上去拦住。

"怎么的? 不给我面子! "老三不依不饶。

"不给面子"是个很大的罪名,尤其是在喝酒的时候。

"我陪两杯,两杯还不行吗? "

两杯酒下肚,再加上先前的存货,我有些热血上冲。

然而冬未却先撑不住了。

"我，我给大……家表，表演用筷，筷子……开瓶！"

她摇摇晃晃地站起来，比画了半天，筷子始终挨不到瓶口。

我们都知道，这个时候千万不能说："你喝大了。"那样她就会跟你急，从而喝得更多。

其实她的酒量很差，却偏偏喜欢逞英雄，所以每次最先阵亡的都是她。

我们三个里，她的酒品也是最差，一哭二闹三唱歌，逮谁跟谁来，绝对能让你体会到人生最痛苦的事莫过于什么。

秧子就好多了，只会搂着人聊天，一聊就是一夜。但我也只是见他醉过一次而已。

我的酒品是最好的，醉了酒倒头便睡。他们都说："这孩子最乖，都不用人哄。"

又替顾扬干了两杯，天地开始旋转起来。她的脸在我眼前晃动着，从一张变成两张，又变成四张）））~~~~

隐约还听到她在说："哎？这样就醉了……"

第七章 谁给谁上课

1

这是一条陌生的街道，街道上有陌生的大厦和陌生的人。

我走进一个杂货铺，问那满头白发的老板，"麻烦你，去某某旅馆怎么走？"

按着老板的指示，我穿过一个肮脏的小商品市场，找到了那个旅馆。进门就是一间破败的大屋子，屋顶是敞开的，遮了些竹竿和破旧的渔网。

老大他们突然出现在我面前，"快点，考试开始了。"

有考试吗？我回过头，已经在考场了。许多小学、中学的同学居然也在。

我低头看那张语文卷纸，却怎么也答不出来。不由得大汗淋漓，使劲抻着脖子想要看别人的答案。

"作弊，卷纸没收！"监考的老师走到我跟前，扯走我的考卷。

我大惊失色，扑上去抢那张考卷。

定睛一看，怀里抱着的竟是顾扬。而且，居然——没穿衣服！

天哪！没穿?！衣服！！

我全身血液一下子尽数涌上脑门，眼里泛出一片红雾，整个世界都重归混沌。

我感觉自己瞬间变得坚硬无比。当然，很无耻很英勇地就扑了上去……

然而脱光光的引诱者不干了。她使劲推搡着我，一边叫着："起来！起来！操！你他妈快起来！……"

粗话?? 一个说粗话的顾扬???

我使劲一睁眼，白花花的强光下，裸女瞬间变成一条大汉。怎么回事??

（这么简单的问题还问?！你也太弱智了吧?！～～）

是的，我醒了。

我用了大概三秒钟环顾一下四周，头顶没有写着"孙子睡爷爷上边"的木头床板，右边靠墙没有烂书桌、也没有脸盆架。

"秧子，这是哪儿啊?"大汉的脸模模糊糊、摇来晃去。

"我们家！都几点了还做春梦?！"他一边嘀咕一边粗鲁地把我往起拽。

"别……别拽！"我都呻吟了，太阳穴就像有两只兔子在蹦。

"该！就你那两下子还给人挡酒呢！"

挡酒? 我又痴呆了一会，昨天晚间的情景一个镜头一个镜头地蹿了上来，播放到顾扬说"这样就醉了"，然后戛然而止。

"秧子秧子，"我紧张起来，"昨天……我没干什么吧?！"

"啊，昨天哪……"他拉长声，往床边的靠椅里一坐，"都把我们吓死了。拿酒瓶子到处乱砸，使劲嚎，还差点把顾美眉给强了……谁也拉不住啊。"

他还在说,我已经一身冷汗了。

谁来给我一刀把我结果了吧!脸丢到姥姥家了。

禽兽!以后,所有事发现场的目击者和消息传播渠道上的其他人,都会用那样的眼神看着我的!一个正派青年的大好人生就这样被酒精给毁了……

5555~~~~~~

"那……顾扬呢?"我颤抖着问,突然觉得秧子骤然间高大威严。

"我让老四两口子把她送回去的。——你就别惦记了。"

别……别惦记了?!

五雷轰顶!我该怎么跟她解释?我……我……

我被这突如其来的打击给搞懵了,七魂三魄集体逃课,完全地!懵了。

"小……小燕,"见我这样,秧子也有点慌了,"你不至于傻成这样吧?虽然你以前也不怎么聪明。"

……

"哎哎!我逗你玩的!你还真当真事了?!"

什么?逗我玩??我略微回过点神。

逗我玩的?!……%#￥·—……

"我就说吧,谈恋爱不是什么好事,好人都能谈成傻子,那傻子呢,就得添个'更'字……"

他还在那不知死活地总结,根本没注意到我零下120度的冷峻眼神。

好小子,敢拿我当星期天过哈?!

星期天?这个时间名词突然让我联想起另一件大事,关系到国计民生的大事——星期天我有个家教的课。

如果被酒精阉过的脑袋还能保持寻常记忆的话,我想,昨天应该是星期六,那今天……

"几点了?"我有种不好的预感。

"啊?九点半。——怎么?"

死了!我的课是九点!

这一来酒完全醒了,七手八脚往身上套衣服,一边骂秧子:"狗B!你不早说!我今天得去带孩子去。扣钱我冲你要告诉你!"

"靠!我哪知道你那破事儿啊。——别跑哎!你还穿着我们家拖鞋呢!"

2

我的学生叫小白。

这是我出于一种恶毒的心态给他取的名字。刚接这活儿的时候,正赶上蜡笔小新流行,就顺手安了这个名字给他。

小白今年十三岁,初一,出身木匠世家。后来爹妈把事业搞大了,手工作坊升级成家私城。董事长和总经理的文化程度合在一起小于等于高中,所以特别发奋图强一心一意地盼望儿子能变成一条龙。

"只要让他进前五名,老师,待遇随便您怎么开。"董事长第一次接见我的时候这样说。

听听,气多粗啊,心多诚啊,条件是多么诱人啊,目标又是多么难于达成啊。

其实在我后来跟孩子深入接触了一番后，才惊讶地发现由于缺乏沟通带来的主观臆断竟会产生如此大的认识偏差。——这小子本来就是条龙，只不过装成马的样子。或者说，他自愿做马。

所以我也不怎么认真，偶尔收收缰绳，一边留意着，准备随时更换新东家。可没想到期中考试小白不知怎么一抽风，爆了个冷，从三十一名（他们班统共四十三个人）一下子大跃进到十一名！董事长和总经理那个乐啊，还专门为我摆了桌三星级的酒，云山雾罩糊里糊涂地就给我捧到了 100 米的高空。

这还不算，小白私下里跟我说："老师，我觉得你这人挺老实的，心眼不坏。我愿意让你教我。"

得，把梯子也给我撤了。

再后来我又发现，小白的进步，动力来源于爱情的刺激。他是为了追他们班学委，这才男孩当自强的。所以，可以证明我是个明师的最后一条根据也消亡了。

尽管如此，为了那丰厚的五斗米，我还是在他们家苟且了下去。只是每次面对小白，心里不免有点发虚。

路上给小白打电话，小白说没关系不就是少上一个小时的课么，我不跟我爸妈说不就得了。

我知道，这小子巴不得我放羊呢。

"那怎么行！"我当然一口就回绝了他，坚持把课调后一小时。

真是的！于燕同志可是个原则性很强的人。

到了他们家，小白快快地来给我开门，打量了我两眼，说："喝大了？因为啥啊？"

"不因为啥！小孩子家别瞎问！"

我端着师道尊严进屋，往书桌前一坐，喝道，"上课！"

这堂课要讲的是议论文。我看了看他们老师留的作业题目：《不知足才常乐》，一滴冷汗顺着脊梁骨流了下来……

先不说这个题目和我的价值观根本是背道而驰，就单纯地写作技巧而言，我也没什么宝贝可以掏给我学生的。高中三年，我的作文成绩从来没过24分（满分40），罪名是：逻辑混乱、观点模糊、条理不清。所以我只能揣着糊涂装明白，问我的学生："好，你先说说，议论文分为哪几部分啊？"

"论点、论据、论证、结论。"（对对，和我当年被灌输的一样。）

"那么，提出论点的方式有哪几种呢？"（胆气更壮了些。）

"嗯……有的通过解释题目来揭示论点；有的通过比较两种相反的观点揭示论点；有的通过引用相关名言，放在文章开头来揭示论点；还有的用比喻来揭示论点……"

我的妈呀！这我还讲个屁啊?！他简直是我的老师。

瀑布汗～～～～～

流量惊人的瀑布汗～～～～～～～～

"那……那么，"我快撑不下去了，"论据又分为哪几类呢？"

"嗯……道理论据、事实论据……"小白掰着手指头数着。数着数着突然打住，转过头来盯着我看。

我被他看得发毛，佯装镇定问了句："又看什么?！"

"老师，你为什么总问'我'问题啊？"小白慢条斯理地，还特意在"我"字上加了很能说明问题的重读。

"……这，这叫'循循善诱'，懂不?！要是我干巴巴地给你讲，你能爱听吗？是吧?！"

虚啊 ~~~~ 自圆其说可真不容易啊 ~~~~~~

小白眨巴眨巴桃花眼，突然又问了一个尴尬的问题——

"老师你……是不是有女朋友了？"

!! ~~~~??!!

"啊?！没有！别瞎说！"

"有什么不好意思的?！那天我在电影院看见你们俩了。讲讲呗讲讲呗。"

电影院？真他娘的巧啊！我没干什么儿童不宜的事吧?！

"讲什么讲?！好好上课！"咦？不对！"……你上电影院干嘛去了？"

什么?你觉得我这个问题很白痴？——上电影院还能干吗？当然是看电影了。问题是，这个电影院是情侣们的据点，都是中间没有把手阻碍的情侣座啊。

"你去干嘛我就去干嘛了。"这小子一点罪恶感没有地回答道。

什么?！早恋?!！太不像话了！老师我活了二十多年才开始萌芽，这小子竟然这么有艳福?！

……啊不是！我是说，这小子竟然不好好学习，整天扯淡！

"小小年纪学会交女朋友了啊?！你懂什么是女朋友吗？你……"我开始义正词严地给他宣讲早恋的危害。

"老师，"小白不耐烦地打断我，"你太幼稚了吧！"

我幼稚?！我居然被一个乳臭未干的小屁孩说幼稚！真他娘的!!

"怎么比我爸还古董啊?！"小屁孩一脸不屑地继续说，"我们学校三年级女生都有怀孕的了，我又没跟女生真干什么，有什么大惊小怪的啊？……"

我已经听傻了，感觉自己像是从山顶洞里刚下来的。

现在的孩子还是孩子么？

我十三岁的时候在干嘛？我想了想，那时我还整天躲在书桌下看圣斗士漫画在游戏厅里大喊着"哈～～秋跟"，不知道孩子是从哪儿生出来的，也不知道体育课上为什么总有女生请假。

上次还因为把 h·o·t 组合说成"浩特"而被小白好一顿嘲笑……我想，我是真的老了。

"小白，你要记住，那……那方面的事要等你成年了以后，可以对自己的行为负责了，才可以……可以……"我还在做垂死挣扎，斟酌着合适的字眼试图挽救滑向罪恶边缘的未成年人小白。

可是小白突然冷冷地插了一句，就地把我将死了。

他说："老师，你不会，还是个，处男，吧？"

……………%￥·#*－……

……………%￥·#*－……

第八章 好朋友

1

冬未她们家的酒吧有个做作的名字——星期七。

这个名字是她的海归姐夫取的。

她姐夫是个真正开酒吧的人，就是那种以结识五湖四海的各类人种为人生快事的人，颇有点江湖中人的风尘味道。

所以这个酒吧也和某些酒吧不太一样，没有装修得严严实实不见天日，也没有昼伏夜出的漂亮小姐。倒是有些像是个公共社区，或者说，一个精美的厕所。因为，厕所永远是最爽、最自由、最轻松的地方，总是默默守候在那里，等着为你舒缓压力。

所以，我很喜欢星期七。——这个可以让我尽情拉屎的地方。

今天晚上，来这儿拉屎的人很多。

我还是坐在西南角的老位子，旁边是顾扬、阿鹃，对面是秧子、冬未和洋鬼子尼克。

噢！对了！你们不知道阿鹃是谁。

是我的新欢哦！……现在左拥右抱的,有力度吧?

白痴啊你!

我可是那种痴情专一、上得厅堂、入得厨房——的新好男人……%￥·*……

好,说正题。

这个阿鹃,是顾扬最好的朋友。从高中开始同班,现在就读于L大历史系,刚刚度过了研究生的第一个学期。

见到阿鹃以后,我才真正认识到了什么叫做"淑女"。

又长又黑的头发,说话细声细气的,动不动还会脸红……具备了一切成为淑女的基本特征。但美中不足的是,她有点过于严肃。第一次请她吃饭的时候,我就亲眼见识到了。

当时一个长的还不错的男的过来搭讪,还没讲上两句话,就见阿鹃身子往后紧缩,蹙起眉狠狠白了他一眼,掉过头去不吭一声。那男的就被晾在那儿,走也不是,留也不是,窘得要命。我和顾扬也觉得有点罪恶感,接了几句话,算是搭个台阶让他下去了。

如果我是那个男的,面对那样明显嫌恶的动作和表情,一定会觉得自己是一堆最恶心、下流的臭狗屎……

冷汗～～～～～

所以就有了兔死狐悲之意,再见到她时,竟然有点恐惧。

"怎么样? 是不是很酷? "顾扬这样问过我。

"酷,真酷! "

"还有更酷的呢。"她献宝似的说。

于是我又听她讲了一件阿鹃的事迹,大意是这样的:

阿鹃还在念本科的时候,寝室里有一次接到了一个骚扰电话。

这事一点也不稀奇，我们也常干。有时候是无聊，有时候是发春，有时候纯粹只是开开玩笑。

她们接到的也是半夜里这样的电话，一个男的不停地讲些极端色情淫秽的话。骂了几遍都不管用，电话照样响起。

第三天，阿鹃吩咐室友"都别动，我来。"

于是当电话再一次打来时，阿鹃抓起听筒，也不理对方说什么，直接大声吟诵——

"春江潮水连海平，海上明月共潮生。

滟滟随波千万里，何处春江无月明？

江流宛转绕芳甸，月照花林皆似霰。

空里流霜不觉飞，汀上白沙看不见。

……"

对方显然没料到会有这一手，居然愣了半天没再吱声。

最后气得骂了一句——"×你妈的！神经病！"——就挂了。

以后再也没打来。

阿鹃就是这么个很绝的人。

我突然觉得很奇怪，为什么我碰到的女人总是很绝？我妈、顾扬、冬末，还有这个阿鹃……都是很绝的人。而且各有各的绝。

冤孽啊～～～～～～

2

秧子他们和阿鹃是初次见面，多少还有点拘谨。

聊着聊着，不知秧子的哪句话又犯了冬未的忌，就见她腾地站起来，跟秧子挑战——

"吹！有种跟我比呀！！"

"坐下吧！算你赢还不行？"

这下完了！要是秧子说"比就比呗"，没准冬未就不比了。现在是逼上绝路，想不比都不行了。

果然，这家伙上来劲了……

"你什么意思?！什么叫算你赢还不行！非比不可！！——输了的把桌上的酒全喝了！"

我看看桌上剩下的十几瓶"虎牌"，连忙站出来劝解。

当然，这都是白费力气，聊尽人事而已。他们俩已经摆开阵势，准备开战了。

"哎？有人掰腕子?！"

"是啊。怎么是一男一女？去看看……"

看热闹的越聚越多，不少人都替女的捏了把汗。

我倒不怎么担心，从前冬未不是没赢过。十几瓶啤酒对秧子来说，应该没什么问题。

一黑一白的两只手握在一起。

一、二、三……开始！

093

两只手青筋迸绽,都使了吃奶的力气往里扳。僵持了一会儿,肤色较深的那只力有不逮,终于,砰地倒下去。

不要误会,略白的那只手,才是秧子的。

所以,结果竟是——冬未！输了?！

"赢个女人,算什么英雄?！"

"就是！没风度……"

有不少女士,甚至还包括一两位男士,都用这样的眼神,无声地谴责着胜利者。

我也有些奇怪,众目睽睽之下,秧子怎么较起真来了？搞的两个人都没面子。可当我偷偷问他,他又不说话,只是贼兮兮地笑了笑。

更奇怪的是,战败者居然一副很开心的样子？

"愿赌服输！"冬未笑吟吟的抓起酒瓶就要猛灌……

"慢着！"有人伸出手,一把夺了下来。

"干嘛呀?！"

"这是你自己订的赌注,我可没说同意！太便宜你了。"

"就你事儿多！——那你说怎么办？"

"嗯,这样吧,罚你给我找个女朋友……"

"……你疯了?！"

不仅是冬未,连我,都像见鬼一样看着秧子。

我们都知道,这不是个玩笑。秧子从不拿赌约开玩笑。莫非是羡慕我这个甜蜜的榜样,他也终于动了凡心了？

"这个不行！你这人,做哥们儿还凑合;做男朋友就太不可靠,——我不能害人。"提议被某人一口否决。

"看来,某些人说话不算数啊。"

将军！嘿，我就知道他会来这招。

"行了行了……我看看吧。"

说什么来着？冬未可一直是个信人。

为了助兴，我们在喝酒时划了会儿拳，就是"两只小蜜蜂"、"小孩老虎枪"之类的。

啤酒喝得多了，就开始轮流去上厕所。

在顾扬去"洗手"的一段时间里，秩子和冬未竟然讨论起限制级的话题来了。内容是关于秩子借给冬未的一部黄片。

他们总是这样。

一开始的时候，主要是秩子常看。我也偶尔看一点，只是偶尔，偶尔 ~~~~

后来不知道什么时候，冬未也好了这一口儿，秩子就成了她的货源。

看就看吧！两个人还经常恬不知耻地在一块交流观后感——

"这个女的比《***》里的那个好多了，尤其是……%￥#-*……"

"算了吧，这个男主角不行，他的 *-#￥%……，比那个……#￥……*，差远了……"

（鉴于谈话内容有伤风化，此处删去若干字。）

秩子也就罢了，我恨的是冬未。好歹也是个姑娘家，跟男生比着赛着讲黄色笑话，讨论帅哥的屁股……这像话吗？

这些也都还罢了，说话总得看看场合吧？虽然已经比私底下要收敛得多了，但还是不适合在外人面前这么样口没遮拦的。更何况这个"外人"还是顾扬最好的朋友。看不出来这里有条食物链吗？故意搅局怎么的？

我开始担心,会不会被这两个混账株连?阿鹃会不会因此怀疑我的品行?

"物以类聚,你可要擦亮眼睛啊……"

要是来上这么一句,那还有我的活路吗?

赶在顾扬回来之前,我紧着用眼神制止他们。总不能眼看着这两个混账断送我的幸福。

请记住,永远不要忽视好朋友的力量。他们的一句话往往能决定你在她(他)的考核表上是加分还是减分。如果他们时不时在她(他)耳边吹吹阴风,时间长了,没有也变成有了。

所以,在这个阶段,必须讨好她(他)的朋友。再往后,如果打算结婚的话,讨好的重点对象就变为她(他)的父母、亲戚了。

这就是农村包围城市的政策,毛主席教的。

他们的良心总算还没被狗吃净,这会儿开始将功赎罪了。

"我们常这样,你们别介意啊。小燕可不像我们,他是比较有内秀的那种。"

"是啊,别看他傻啦吧唧的,其实有很多优点呢。"

"是吗?比如呢?"顾扬似笑非笑地。

冬未想了半天,"比如……小燕最大的优点就是——会过日子!手头总能有剩,都没见跟人借过钱。——像我,都不知道怎么花的,钱就没了。总得跟他们借……"

这是夸我吗?听着怎么有点像是害我!说的好像我挺有钱似的?!!以后约会吃饭,还怎么 AA 制啊?

"你以为都像你?!兜里有十块钱就敢打车;动不动一高兴了,就拍桌子——'这顿我请'!你这样的要不喝西北风,都对不起全体劳动人民！"

嘿嘿，我就知道！逮着这样的机会，秩子怎么忍心放过呢？

我瞟了一下顾扬，她也刚好看过来。我们非常有默契地笑了笑。

尼克也很好心地帮腔："我嘴细欢吃遇左的菜，号迟，真的号迟。"

翻译成普通话就是："我最喜欢吃于做的菜，好吃，真的好吃。"

"不过呢，小燕这人很好，倒不是瞎掰。"秩子接着说，"真的，特别讲义气。"

感动 ~~~~

我都快哭了，兄弟就是兄弟……

"有一件事，让我们特别感动。"

呦！除了论点，还有论据？

见他神情严肃，大伙也都认真地支起耳朵。

"有天早上，我们在小燕的蚊帐里发现了三只死蚊子，有一只蚊子还有一口气，我就随机采访了一下。据它说，它是被小燕舍身喂蚊的精神感动了，所以宁愿自己饿死……"

哈哈哈……

顾扬首先笑起来，"真厉害！你还饿死过蚊子?! 呵呵。"

冬未："我看他是变着法儿骂你没人味！嘿嘿。"

×××！早该知道狗嘴里不可能吐出象牙。我真是个傻×！

不过能逗她一笑——

算了！傻×就傻×吧。

然而，在一片轻松的气氛中，突然插进一道冷冰冰的声音——

"你说的不对吧，这应该跟血型有关。——哎，于燕，你是什么血型？"

正在笑着的几个人，同时僵住，望着这位一本正经的姑娘。

"呃……嘿嘿……真——真幽默～～～～"冬未先反应过来，帮着圆场。

嘿嘿……幽默……幽默……

我们也跟着干笑。

事情就这么简单地结束了吗？

当然……没有！

"你们笑什么？我又不是开玩笑！"

这位姑娘继续说，更加的一本正经。

嘎嘎～～～～

乌鸦从我们头顶飞过。

这次谁也笑不出来了……

"阿鹃就是这样的，没什么幽默感。"后来顾扬这样和我解释。

然而秧子是个没脸的，总要时不时的继续卖弄他的幽默感。

这样做的下场是，只要有阿鹃在场，每回都会被撅得很惨。

"那谁谁是混血儿，混河北和吉林的。"

"不对吧？混血指的是两个国家的人生下的孩子吧。"

"……–%#￥·～～～～～"

诸如此类。

"床前牌坊林立！老处女都是这样的了！！"完全没辙的秧子悻悻然。

3

　　自那以后,顾扬来我们学校的次数渐渐多了起来。有时找上阿鹃,有时不找,只有我们两个,在学校里一圈一圈地、漫无目的地逛。从前连打个热水都嫌远,宁肯在冬天里用冷水洗脚、冻得吸溜吸溜的我,竟然发现,学校其实,也并没有那么大。

　　我们聊得很多,都是瞎聊,随手拣一个起头,就那么一路下去没完没了。但是后来回忆的时候,到底聊了些什么,却是怎么也记不起来。就像每次考试,尽管背得滚瓜烂熟,脑子里还总是一片可怕的空白。非得等到试卷发下来,题目看得明明白白,答案才会一点点恍惚地浮上来。

　　研一的课程很轻松,阿鹃也就闲得像我一样。只不过我们的闲是毕业生的那种,等死的心情;她的闲却是很嚣张的,有点身在围城的感觉,明明舒服着,仍然是个不知足。

　　就算是闲,也构不成充当人家灯泡的理由。但顾扬要这样,我也没法。

　　不过,总算皇天不负苦心人,我的委曲求全终于得到了回报。那天陪着她两个看完了电影,不知怎么就聊到了这个——

　　"是老鼠吧? 怎么会是蟑螂? "阿鹃说。

　　"是蟑螂! 你说? "我问顾扬。

　　"我也觉得好像是蟑螂……"

"我记得很清楚是老鼠嘛！"阿鹃坚持着，"不信问问别人？……"

我还没反应过来，她就抓住身旁的路人甲，"这位先生，麻烦请问你看没看过《唐伯虎点秋香》？"

那人显然吓了一跳，看了我们三个半天，还是很配合地回答，"呃，看过。……怎么了？"

"那请问你记不记得，周星驰踩死的是蟑螂还是老鼠？"

"是……是蟑螂吧！——干嘛？"

"不干嘛……谢谢。"

我已经傻了。

难怪她们俩能做成好朋友！想想顾扬的一些怪异举止……真是一对变态姐妹花啊！

但这样的话只适合放在心里，要是真的说出来，我就是个傻 B 了。

我能是个傻 B 吗?!

眼看着她又问了路人乙丙丁，有回答"不知道"的，有被吓跑的……

"阿鹃，你慢慢问，我们去那边等你啊！"顾扬拉着我，躲到麦当劳门口去。

麦当劳门外的台阶上有只长椅，上面坐着麦当劳叔叔的塑像，胳膊搭在椅背上，供小朋友们合影。

我们在长椅上坐下，中间隔着那个鲜艳的小丑。

"你怎么能这么说我的同学呢？"顾扬突然说。

"啊？没……我什么也没说啊！"

"可你心里是这样想的。是吧？"

这……这也看得出来？靠！连腹诽都不行？！

"我又没想怎么样你。行了，把嘴合上吧！苍蝇都飞进去了！"

我连忙举起手，托了一下下巴。

"人家可帮你说过好话的！"顿了一下，她继续说。

"是……是吗？说我……什么了？"我顿时像打了强心针一样，竖起耳朵，挺直腰板。

"嗯……她说，你这个人……'还行'。"

"就这个？"我差点从椅子上掉下来。

闹了半天，我就是个"还行"？！

"就这个！告诉你，阿鹃的'还行'，就是'相当好'的意思。"

相当好？！

"哎！你这些同学，数阿鹃最有眼光。"我兴奋得两眼放光。

还生怕她认为我配不上，棒打鸳鸯呢。

"'最'有眼光？好像你认识多少我的同学似的。——还不是只有这一个？"

干嘛要挑我语病呢？我也是极言其好的意思么！真是的！……不过我还真想不出自己有哪个闪光点被她发现了。

"'相当好'是怎么个好？"

"她说我哪方面比较好？"

"还说别的了吗？"

"到底是怎么说的？"

……

这么简单的评语根本就不解痒嘛！我开始像祥林嫂似的，逮着了一句就磨磨唧唧的没个完。

终于把她的耐性给磨光了，"哎呀！……自己问去吧！"

自己去问?！白痴吗我?

但我一高兴，竟然有了个绝佳的创意。

受人滴水之恩，当涌泉相报。我开始琢磨着把阿鹃和秧子往一块捏。

当我真的把这事当作日行一善，正式提到议事日程上时，顾扬却笑我三八，"你别瞎牵红线了！"

这怎么是瞎牵呢?一个是女朋友的好朋友，一个是男朋友的好朋友……怎么看都是个完美的组合。况且秧子不也说要冬未给他找个女朋友吗?

对了！这事就交给冬未了，正好了了她一个赌约。

太那个了！这简直就是一石二鸟——不，是一石四五鸟——之计！

真是的！世界上怎么会有我这么聪明的人呢?……

第九章　山不来就我

1

五一长假开始了。

对于身边有伴的人来说，这是充实快乐的一周。

提前半个月，我就开始筹划节目，撺掇着大伙出去旅游。

难得见我这么积极地干一件事，他们都举起脚巴丫子支持。

定下了线路和时间，离正日子还有两天，我已经兴奋得寝食难安了。

早上八点，我就起来了。破例打了壶热水，洗了洗头，从秧子床上的衣服堆里挑了件较为干净、不知是谁的衣服穿上，还搽了点老四的面霜。

"又用我的！你那瓶呢？"

"都让我老爸用了。"

"大宝，天天见！……"

冷眼看着我们俩搔首弄姿的老二终于忍不住了，骂了一句：

"一对傻 B！"

我心情特好，也不接他的茬。

今天要跟顾扬看个电影，再去超市买些吃的，出去玩时好带上。

到了约好的果汁店，顾扬还没来。我看看表，居然早到了二十多分钟！

终于扳回一局。心情更好了，简直达到了五颗星！

噢耶！～～～～～

我一边等着，一边美滋滋地四下张望。

"你……是不是……*#？"

"小点声，我……#￥·–**……"

斜前方的一对情侣在嘀咕着什么。

男的背对着我，看不到表情。女的正好面向我，还算有几分姿色，只是有点气冲冲的。

我并无意听他们的隐私，但两个人的声音越来越大，这就不是我能控制的了。

"你还说你没想着她？"女的说。

"真的没有！……你怎么就不信呢?！"男的说。

"那她怎么会有你的电话?！"

"同学会上留的……只是问候一下……"

"同学会！"女的尖叫，"你还有多少事瞒着我？"

"真的没有了。"男的无奈地，"是你说'过去的不再追究'。——早知道就不告诉你了。"

"你后悔了是吧？后悔跟我在一起?！"

"我没那么说，你相信我行不行！"

"我再也不相信你了！"女的突然跳起来，向店外冲去。

看着随后追出去的这个可怜人的背影，我有些唏嘘。这老兄真是被爱冲昏头了，这样不可靠的保证也相信？

她怎么能不追究呢？不但要追究，还得把你的老底都翻出来。然后呢？照样更加的疑神疑鬼！

没想到战争片还没看，先在这儿看了一出言情片。等会儿一定要讲给顾扬听。

真庆幸她从不会这样……

但我想着想着忽然觉得，好像有什么地方不太对劲。

究竟是哪里不对呢？答案模模糊糊，呼之欲出。

直到我们进了影院，我还在犯琢磨——是哪里呢？

我们看的是《黑鹰计划》。

这是她的又一古怪嗜好。——喜欢看战争片。不是那种枪战片，而是战争片——《拯救大兵》、《野战排》那样的。

一点也不可爱吧?！

还有，她还不吃零食。

当其他的女孩手捧着瓜子、爆米花偎在男朋友怀里看电影的时候，她就那样正襟危坐地、干巴巴地盯着银幕。

别人是以看电影之名，行约会之实；她却是以约会之名，行看电影之实。她，分明是来做学问的。

"你想啊，每天吃三顿饭就已经够烦的了。还要吃零食?！累不累呀！如果每天能只吃一顿，剩下的用一两粒胶囊代替就好了……"

这就是她的说法。——不懂享受的人!

我就完全不一样了。我恨不得每天吃四顿!还要外加下午茶和夜宵……

不过不吃零食的习惯还是值得鼓励的。毕竟,有个这样的女朋友,省了我多少心那?!

2

看完了电影,我们直接杀向沃尔玛。

沃尔玛已经够大了,可还是塞满了人,连手推车都被一抢而空。我只好拎了一只塑料筐,跟在她屁股后头,一起融入疯狂购物的人流中。

出口处排着长龙,每架推车里都堆成小山。现钞哗哗地点,牡丹卡吱吱地刷……好像花的都是别人的钱——这份儿爽快!

前两天报纸上说,据统计,假日消费几乎可以占到我国居民全年消费额的 50%。也就是说,全体人民平日里辛苦赚钱、省吃俭用,就是为了在那几天里,把兜里的积蓄像扬雪花似的,一股脑扔出去!!??

现在,连我也要为拉动内需作贡献了。

"你自己吃两盒?"见她扔了两大盒康师傅泡芙在筐里,我惊讶地问。

"有你一份啊！"

"我？我不吃这么甜腻的东西！"我拿起一盒放回架上。

"你不喜欢吃甜的吗？我怎么不知道？"

"你不知道的还多着呢！……"我打了个伏笔，等她来问"还有什么？"之类的。

但她却不肯让我如愿，"哦"了一声，就弯下腰去，研究起两种饼干的口味来。

看着她绑着马尾的优美的头部线条，我心中一动，那个原本模模糊糊的疑问一瞬间清晰起来。

就是这个！她从没"追究"过我的过去——从没！她也很少主动问一些关于我的事情，什么兴趣啦、喜好啦家里有什么人啦……都是闲聊时我自己告诉她的。

她真的一点都不关心，一点都不好奇吗？

一只食指突然出现在视野里，像勾魂使者一样，一弯、一弯地……

我调准焦距，看见她无奈的表情。

"又做梦了?！"

"没有。——干嘛？"

"没有？那我刚才说什么来着？"

刚才？她说话了么？

"算了。"她撇了下嘴角，下巴往斜上方努了努，"那个拿两瓶。"

"啊？这个？"我从第一层取下一瓶饮料。

"不是！——旁边的那个。"

手里的塑料筐慢慢变重，我把它从右手换到左手。那个疑问也还在脑海里盘旋着，越变越大。

"哎,我想……问你一件事。"我终于忍不住,把它丢了出去。

"什么事?"她头也不回地。

"呃……就是……"

"说啊!别吞吞吐吐的。"

"啊,也没什么。你好像从没问过我以前是不是有过……比如说……前任参赛者?"说这些时,我还作出漫不经心的样子在货架上摸来摸去,眼角的余光瞄着她。

她去拿香肠的动作停顿了一下,仍然不看我。

"干嘛突然想起这个来了?"

"啊……想到了,随便问问。"我以轻松的语气说。

"是吗?——好吧。我现在问了。"这次她扭过脸来,有点敷衍。

"一个!我以前有过一个。"

这不能算是欺骗。还有个幼儿园之恋呢!

"哦。"

问哪!你倒是接着问哪!我在心里嚷着。但她就像和我较劲似的,一副"干我屁事"的模样,再不肯开口了。

一股无明火在心底一蹿一蹿地,也不知道到底是在气什么,就是想发火。可认真想想,终究还是压了下去。

"你不想知道细节?"几乎是赌气地问。

"你可真够怪的!我干嘛要知道那些?没事翻什么旧账?!"

"真的一点也不想知道?"这简直就是撒泼了。

"于燕!你今天是怎么了?!"

"……"

我也不知道今天是怎么了。早上心情还挺好的,这会儿却沮丧透了,像个失宠于父母的孩子。

原本笃定的事，现在也有些摇摇欲坠起来。

我不知道，自己在她心中到底有着什么样的重量。如果没有我的存在，她的人生会像大风天里的塑料袋，被吹得迷了方向吗？

"对了，我和阿鹃的那份，我们自己付。"排队等着付款的时候，她突然这样说。

她说的是明天出游的费用。车票、景点的门票、宿费等等……乱七八糟的加在一起，也得三四百块。

如果换了往常，她这样说，我一定会巴不乐得，假惺惺地作一下姿态也就算仁至义尽，硬充哪门子好汉呢？可现在竟然有点不是滋味。——划得真清啊！

心里更加沮丧，连姿态也懒得作一下了。

尽管这样，出于惯性，分手的时候我还是嘱咐了一句，"要是怕起不来，明天五点半我打你电话。"

春寒料峭。

清晨的火车站透着清冷，见她只穿了件单薄的 T 恤，我又忍不住老妈子似的念叨了半天。

坐在车厢里，渐渐暖和起来。大伙都显得精神头十足，分了两组，开始打扑克。

我有意要撮合秋子和阿鹃，就使个眼色，把冬末支到老四他们那队去。这之前我已经跟她串通过了,她好像也很乐于坑害她的夙敌。

我坚持要把秧子和阿鹃凑在一组,表面上的理由是:我和顾扬一家,所以,只能这么排列组合。

阿鹃还是一张扑克脸,秧子却意外地表现得很热情,出牌时大呼小叫的。

阿鹃的牌技则让我五体投地,藏奸、记牌的本事十分高超,对于局面的任何变化都是一概老谋深算不动声色。因此他们俩珠联壁合地一直打到9,让遥遥落后的我的对家一点不留情面地臭损了我一通。

后来实在饿得拿不住牌了,才不得不停下来开始吃东西。

只短短一个多小时,火车就到站了。短到我们都有些意犹未尽恋恋不舍。

我很喜欢坐火车的感觉,特别是和一大帮朋友一起。如果能如此这般地一直坐下去,一定会很快乐。

可是,再远的路,也终究有尽头。

但,这是正处于快乐之中的我不愿意去研究的问题。

4

之所以选择来拜这名山,原因有两个:

一是因为它有名——废话! 二是因为我们都没来过。

秭子买好了票,冲着我们历史性地一挥手,队伍就穿过暴发户风格的山门,向内进发了。

从山门到山脚,还有很长一段路。一面是翠绿的山岩,一面是杂树丛生的土沟。

秭子和冬未又杠上了,打赌看谁先到山顶,输了的那个要替胜利者拎包。两个人都是运动健儿,早冲得不见人影了。

我和顾扬走在最后面,她脸上静静地,没显得很兴奋,只是有一搭没一搭地和我磕牙。

"于燕啊!"

"干嘛?"

"你是不是有点累?"

有"点"累?? 简直就是很累!靠!这条路也太长了。就算是写小说,也没有这么长的铺垫吧?!

当然,我是打死也不会承认的。一个被自己喜欢的姑娘看扁的男人,还不如死了算了。

"当然不累!这算什么!看见那山没?"我指着不远处绵延起伏的群山中最高的一座,"爬两个来回,轻松!"

"是吗?"她横了我一眼。

有什么呀!不就是个破山么!我治不了顾扬,还治不了你了真是!

然而,报应来得好快,这个破山马上就冷冷地回敬了我。到半山腰的时候,我已经双腿发软、喉咙冒烟、心跳达到每分钟 140 下。

"于燕,"她也同样气喘吁吁,"这会儿不……不行了吧?"

什么? 不行了?!

111

谁不行了?! 你什么时候听一个男人说过他不行了?! 笑话!

"什么不行?! 不是说了吗,爬两个来回……"

"轻松。"她马上接住我的话茬,"我记着呢。"

所以说各位,牛是可以吹的,但是千万不要吹过头,这当口我……我打落牙齿和血吞哪!

"于——燕——"秋子的声音突然从上面飘下来。"还能行不?我这儿一场足球都踢完了! 年底以前你还能上来不?"

奶奶的! 好极了!! 我铁青着脸缓缓抬头,瞪着山顶上叉腰劈腿耀武扬威的小人。

这也罢了。偏偏一转头,又看见顾扬似笑非笑地盯着我……

顿时,我怒从心头起,恶向胆边生!

"看见没? 这就叫'四肢发达、头脑简单'!"说完了我才觉得,这个形容好像不太适合嫁接在秋子身上。

管它呢! 先出了这口鸟气再说!!

"就是! 咱不逞这匹夫之勇。"

看这姑娘,多么善解人意。

"可不是。你说我能把你一个人丢在后边,自己上山吗?"

"就是! 咱等会儿还要轻轻松松地爬第二个来回呢。"

我看看她带笑的眼睛,"……你好像在讽刺我?"

"干嘛'好像'啊? 压根儿'就是'!"

"……我……算你狠!"

"我本来就狠,不用'算'。——快走吧。"

越往上,山势越陡,石阶也没了。我右手扒着阴凉的石壁,左手紧紧攥住顾扬的手。

原本我选择爬山作为这次旅游的项目，是存着不可告人的私心的。有一部分是：可以名正言顺地和她做一些肢体上的接触。其实这也没什么不可告人的，请问各位有几个带着女朋友去看录像，是完全为了感受影视艺术的？

还是别的什么！

但我的思想却从这一刻开始纯洁起来。

我是真的担心她，怕她突然跌倒或是脚下一滑。

呼哧呼哧～～～呼哧呼哧～～～～

终于到头了。我站在山顶上，眼前豁然开朗。极目远眺，真有一览众山小的感觉。不由得豪气顿生，跟着哥儿几个使劲嗷嗷了几嗓子，然后，一屁股坐在地上，理气调神、休养生息。

那边厢，冬未正精气神儿十足地拉着众女眷照相。

我一边看她张罗，一边打开背包，把里面的进口货转移到肚子里去，嘴里还不忘嚷嚷："哎！冬瓜妹！你不累别人还累呢。——顾扬，过来歇会儿，吃点东西。"

"没事儿。我不累。"正举着相机瞄准的顾扬回答道。

"除了知道吃你还知道什么呀?!"一直摆着破式的冬未不耐烦了，"猪托生的！"

秧子在一边作出很惊讶的样子，上下打量冬未，"你是猪托生的？不要糟蹋猪。"

"你有病啊?！我说他呢！"

我大乐，不动声色地逼上一步，"秧子，你们俩打赌谁输了？"

"我呗。"秧子跟我一唱一搭，"所以她得替我背包。"

"哎？不是说谁输了谁背包吗？"阿鹃很认真地问。

"是吗？那是我说反了？我说反了吗冬瓜妹？"

"你们俩去死吧！"冬未终于爆发了，几步跑到亭子里，独个儿去生气。

哈哈哈～～～～～～

我得儿意地笑，我得儿意地笑……走过去跟秧子啪地对了一掌。

而阿鹃兀自在那儿惶恐，"怎么回事？她是生我的气么？"

"没有没有，我们闹惯了的。一会儿就好了。"秧子解释道。

不出所料，冬未很快就云淡风清了，乐呵呵地跑回来照相，一场仇杀消弭于无形。

我和顾扬照了一张，又拉着阿鹃一起照了。突然灵机一动，把秧子拉过来，"来来，你们俩也照一张嘛。"

秧子笑了笑，大大方方地把手搭上阿鹃的肩。

眼见冬未拿着相机横过来掉过去，比划了半天也不按快门，我在旁边一迭声地催，"好了没有？你到底会不会照相啊？"

"你会！那给你啊!!"冬未一甩手，把相机塞进我怀里，转身又走了。

这……我有点傻了。冬未平时不是这么小心眼的人那，今天是吃错什么药了？

"于燕。"

"嗯？"

"你还真是猪托生的。"顾扬冷冷地说。

我！……我冤枉啊！真是猪八戒照镜子里外不是人！

咦？怎么还是猪?!

"我们到那上面去吧？"顾扬指着崖边耸起的大岩石。

"不行，"我想都没想，"太危险了。"

"你是不敢吧？"

又来这招?!

"是。我就是不敢。"激我也没用。

"那你在这儿呆着吧！"她转身就走。

"哎哎哎！"我叹口气，"等我先上去，还不行么？"

我使出吃奶的力气攀了上去，又伸手把她拉上来。她的手冰凉冰凉的，像岩石一样。

"冷吗？"我问。

"不冷。"

"还嘴硬！看你的手，冻得跟冰块似的。"我当机立断，就要脱外套给她。

"不用不用。"

"什么不用！这么大风……"

"真的不用！"她顺顺被风吹乱的头发，"这跟风无关，我的末梢循环不太好，从小手脚就是凉的。真的。"

"这么说你是个冷血动物？"

"呵呵 ~~~~ 还没笨到家。"

然后，她就不吭声了，出神地望着天边。

我忽然想起，上次在海边，她也是这么呆坐着，一副满怀心事的样子，让我觉得自己和她隔得有一条银河那么远。

虽然我不知道她究竟在想些什么，但是此刻我只清楚地知道，像这样和她并肩静静地坐在这个城市最高的地方，呼吸着山风吹送过来的远方干净的空气，就是我一直想要寻找却一直也没有找到的感觉了——离天堂很近的感觉。

我还在陶醉着，却听到她的声音从斜上方飘过来。

斜上方？

对，斜上方。

我一抬头，立时被眼前的景象吓得手足冰凉，即使没有镜子，我相信我这时也一定是面如土色。

"于燕，你说，如果从这个地方掉下去，要多长时间才能到达地面啊？"她正站在岩石的边上，一边向下看，一边问我。

妈……妈的！她是什么时候站上去的？我怎么一点没察觉？

呼呼 ~~~~~ 呼呼 ~~~~

山风吹得更猛了，她俏生生地站在那儿，像一根轻盈洁白的羽毛，随风摇摆……摇摆……

"喂！你想干嘛？快点下来！！"我大喝一声。

不，是我想要大喝一声。事实上，我只是轻轻地把它们说出了口。对，轻轻地，甚至还有点哆哆嗦嗦的。

"快……快点下来。"我又说了一遍，蹲起来摆了个弓步，一只手支在石头上，一只手充满希望地伸向她。

"于燕，你怎么了？你以为我要自杀吗？"她依旧没事儿似的说。

116

虽然我不知道她究竟在想些什么,
但是此刻我只清楚地知道,像这样和她并肩静静地
坐在这个城市最高的地方,
呼吸着山风吹送过来的远方干净的空气,
就是我一直想要寻找却一直也没有找到的感觉了

——离天堂很近的感觉。

"少废话！！赶紧的！"我又大喝一声。

这次是真的大喝一声，嗓门大得把我自己都吓了一跳。

顾扬显然也吓了一跳。她明显地愣怔了一下，但还是把手伸给了我。嘴里还一边嘟哝着，"吼什么呀？下来就下来呗。"

直到我拽着她从那块石头上溜下来，我的脚还是软的。定了定神，也不理她，就学冬未往亭子那边走。

秧子迎上来问："怎么的？拌嘴啦？"

"别跟我说话！"我连他也没给好脸色看，脚下只是不停。身后听见秧子丈二和尚地问着顾扬，"他怎么了？吃呛沙啦？"

"谁知道啊！反正是生气了。"

"生气？燕子也会生气？开眼界了开眼界了！"

我生气了吗？

生气，这个词于我有点陌生，我认真分析了一下。

是的，我真生气了。

那么我是冲谁生气呢？为什么会生那么大的气呢？？

有点糊涂。

脑子里糊涂，脚底下可不糊涂。突然间左脚的趾头猛地一抽，就像被人用裹脚布死命一勒，强行塞进三寸绣鞋里一样，连着小腿，刹那间从膝盖往下，都僵硬了起来。

妈的！抽筋了！！

紧接着右脚也抽筋了，——不，是整张脸都抽筋了。鼻子眼睛嘴疼得揪在了一块。

哎呦～～～～～

怎么办呢？

还能怎么办呢？揉呗！

我赶忙把双脚从臭旅游鞋里解放出来，开始呲牙咧嘴地！掰脚趾头。

一定是山顶上太冷，着凉了。哎呦～～～～

顾扬他们都围了过来。秧子见我这副德行，乐了。

"这是做操呢还是练功呢？怎么都不像啊？？"

"于燕啊！怎么抽筋了？快站起来，走两步……"顾扬说了一半突然卡住了，然后，脸上的表情从担忧慢慢变成一种很奇怪的神色。

她在憋笑。

我很清楚她思想转变的原因。"走两步"，赵本山的小品么。

噗！……

终于憋不住了。

其他人也电光火石地领悟了。于是——

哈哈哈哈～～～～～～

都狼心狗肺地笑了起来。

第十章 缆车之吻

1

十分钟后,我的脚终于恢复了正常。鉴于我行动不便,阿鹃提议,大家坐缆车下去。

如果可以选择,我绝对不会坐缆车。

我是个脚踏实地的人,一切脱离地球表面的交通工具,在我看来,都潜藏着杀人的危机。飞机、热气球……还有,缆车。但我不敢说自己害怕那个破玩意儿,还是提心吊胆地钻了进去。

随着清脆的"喀哒"声,关门、落锁。我和顾扬就被封在这狭小的密闭空间里了,与世隔绝,插翅难飞。

我们面对面坐着,谁都没有说话,只有缆车和缆绳连接处齿轮转动的声音:咯噔……咯噔……

我的心也跟着咯噔……咯噔……咯噔……

怎么会这么大动静呢?我惊惧交集地想着。他们到底有没有定期检修、定期保养啊? 看样子这破缆车用的年头好像不少了,一架缆车的使用寿命到底是多少年？谁……谁能告诉我?!

冷汗～～～～～

脑海中突然浮现出很早以前看过的一部外国电影，一部关于缆车的灾难片——

缆车坏在大雪天里，有几架掉下谷底，有几架勉强撑着，就那么要死不活地吊着，等待救援。男女主角在生死悬于一线的时刻终于互吐埋藏许久的爱意，还很激情地——接吻了！

想到这儿，我不禁向顾扬看去。她正背对着我跪在座位上，兴致勃勃地欣赏那万丈深渊里的美丽景色呢。

唉！她可真有闲情，我哀恸地想着。这破车就要成为我俩的铁皮棺材了。生不能同衾，死也要同穴！这么一摔下去，我们俩都会摔成肉饼——不！会摔成肉泥的。明天各个报纸、电视台、网站……等等不太重要的新闻媒体上就会登出这样的消息——

昨日某景区发生缆车坠毁事件，一对情侣丧生。

唉～～～～～

想不到我于某一世英雄，今日竟毙命于此！

"于燕！"她冷不防地说，"快看下面！快看哪！"

看什么啊?!我哪里还敢往下看，只是一个劲儿地想：老爸老妈大哥赶来的时候，恐怕连完整的尸首都找不见，只能给我立一个衣冠冢，此后年年到这山里来祭拜。

唉唉！不过能和她埋骨在这青山之中，死也瞑目了。

不！不对!!

我这才想起，我和她认识这么长时间，连吻都还没接过呢！没法瞑目，没法!!

　　然而她就像是看穿我心思似的，突然一步迈过来，坐在我旁边，倾过上身，把脸朝我贴近……贴近……

　　接吻了？

　　不是！咳咳！你想什么呢？

　　"喂！"她只是看了看我，说，"还生气哪？"又把头缩回去了。

　　生气？

　　一时间我没有弄懂她的意思。

　　哦对！方才我好像生过气来着。可这会儿我只顾着害怕，早把生气丢到爪洼国去了。

　　原来，这小妞一直误以为我在生气，所以才半天没搭理她。

　　既是这样，索性继续让她误会下去算了。

　　打定了主意，我梗着脖子，干脆不吭声，也不看她。

　　果然，她没辙了。

　　"看不出来，你脾气还挺大啊！"她站起来，绕到我面前，弯腰对着我的脸，叫着：

　　"于燕。"

　　不理她。

　　"于同学。"

　　还是不理她。

　　"于老师！"

　　……有点顶不住了。

　　不是我不争气，而是，在我的印象中，她似乎很少——不！是从来没有！这样近似于低声下气、撒娇发嗲的举动。她总是自顾自地向前走，从不理会跟在旁边的我。

　　"于燕。我知道你是关心我，才会那么生气，"她以更加温柔的声音继续说，"我保证，以后绝对不那样干了。行了吧？"

有一瞬间，我简直不敢相信自己的耳朵，坐在我身边的这个柔情似水的姑娘真的是顾扬吗？

我受宠若惊！我弃械投降！我感动得都快哭了！

"没有。我早就不生气了。"我毫不迟疑地说。

天可怜见，她终于被我的一片痴心感化了！欣慰啊……

这时，柔情似水的姑娘又开口了，"可是于燕啊！你脑子里究竟装的是什么啊？虽然你是一时情急，可你怎么就会认为我会从那儿跳下去呢？"

咦？怎……怎么回事？？

不是两个人都在为对方感动吗？这个时候不是应该深情款款地互相凝望才对吗？

怎么突然……急转直下了？

"就算我不想活了！"柔情似水的姑娘转眼间变成扳脸训人的老师，"难道我不会换种死法吗？难道我想让自己变成肉馅吗？"

肉馅？

肉饼、肉泥、肉馅？？

我不禁微微笑了起来。

"你笑什么笑?!不准笑！"她疾言厉色地，又补上一句，"缺钙！"

"哎？你损我！"

"损你？我怎么那么闲哪？你难道不缺钙吗？"

"我……我怎么就缺钙了？"

"抽筋抽成那样，不是缺钙是什么？我还说冤枉你了？……噗！……"

她大概又想起了我抽筋时的样子，忍不住又笑起来。

"你笑什么笑?！不准笑！"我狠狠地回敬她，但自己也觉得好笑。

"你得补点钙了老爷子。"她一边说，一边坐回我旁边。

扑通！～～～～～

劲使大了，两个人二百多斤都压在一边，车厢顿时晃了晃。

我魂都吓没了，连忙死命抓住扶手，抓得指关节都泛着白色。

顾扬察觉我形状有异，转头死盯住我的脸，足有两个哈欠的时间。然后眯起眼睛，奸诈地说，"你……你害怕了。"

"别……别瞎说！"

绝不能承认！就算滚钉板上夹棍也决不承认！！

"快点坐回去！这么挤着不怕长痱子啊？"我正气凛然地说。

她的眼睛泛着狡猾的笑意，伸过手来摸摸我的头顶，就像摩挲小猫小狗似的，说，"乖！别怕。姐姐会保护你的。"

乖?！

姐姐??！！

我刚作势要吐，一偏头，见到她笑吟吟的模样。顿时！魂飞天外，根本找不着——不！是压根儿不想找北了。

夕阳的余光从她身后的车窗打进来，给她周身镀了一道迷蒙的金边，把她的脸柔和成一块温润的美玉，连脸上细小的绒毛都依稀可见。

我在距离她不到四十公分的地方看着她，感觉却像远远地看着一幅画。

圣母玛利亚？水边的阿佛洛狄特？还是蒙娜丽莎？

但是，让她们统统滚蛋吧！

我把心一横，拿出黄继光堵枪眼的精神，向面前的枪眼——

不！是漂亮的小嘴——堵了过去……

世界突然震动起来。

那是什么感觉呢？对了，就是被一种安宁的温热所包围的感觉，像是回到婴儿时期，躺在母亲柔软温暖的怀抱里。又像是在坐"自由落体"，身体不断下坠……下坠……四周一片空茫，无所依靠。

幸福！

这个词突然间淹没了我，几乎使我簌簌发抖。

幸福。

是的，我在她的双唇间，尝到了幸福的味道……

我们终于接吻了，就算缆车掉下去，我也能够瞑目了。这是我当时头脑发昏的惟一一个想法。可是，要是你以为，接了吻的两个人关系就会来个大跃进式的迅猛进展，那你就错了。

在此后的大部分时间里，这个刚才和我接了吻的女孩脸色一直阴晴不定，话也更少了。

可是我不管那套，只是兴奋得像只喝醉了的猴子，不住上蹿下跳。实在按捺不住，还跑到没人的地方大吼大叫了一通。

这还不算完。由于触目所及的一切事物都变得万分美好可爱，连山门处那两大排摊位上粗劣恶俗的旅游纪念品看上去都像宫廷贡品一样高档。

本来这种地方我们是不会感兴趣的，只因为尼克张罗得特别起劲，大家只得都跟着逛逛。

尼克这厮每到一地总爱收集些当地的小工艺品什么的。我和秧子、冬未都见过他的那些收藏，满满当当装了一大皮箱，千奇百怪包罗万象。最劲爆的是有一回晚上，我们正坐在秧子屋里看恐怖片，正看到紧张处，突然停电了，在伸手不见六指的黑暗中，我们心里都有些发毛。找了手电一看居然没电池了！正姥姥大爷地乱骂，尼克突然想起他的藏品里就有蜡烛，于是欢天喜地地回屋去翻。

少顷，温暖的烛光照亮了我们的眼睛，尼克擎着一根白生生的大蜡出现在门口。可是……咋就这么不对劲呢？还没等我把这个疑惑进行到底，冬未突然"嗷"地一声叫。我顺着她手指的方向，找到了令我感到不对劲的祸首——尼克手中的那根蜡。

那根蜡体积偏大，不是我们常见的 5 毛钱一根的那种，上面居然还有雕花，正中刻着四个楷体大字：万——古——流——芳！

诸位可以想象，在那样一个特定环境下，这样一根蜡烛会显得多么诡异。

事后在冬未劈头盖脸地一顿臭骂中，尼克很委屈地交待了"万古流芳"的来历，还翻出另一根叫"永垂不朽"的，说当时就是很单纯觉得好看。我们一边乐一边费了好大劲给他解释这两个成语的意思，心想这宝贝没把寿衣当唐装给买回来穿戴真是万幸。

吃一堑长一智，尼克这回不敢再乱买东西，就招呼秧子给他当民俗顾问。秧子正扎在顾扬和阿鹃那儿看她们跟山民买刚采来的新鲜蘑菇，远远应了一声，还没等回过身就听冬未甩过来一句"人家忙着呢,求错人了不是?"秧子闻言立马冲过去跟她捉对厮杀,逐个儿批判她看上眼的东西,搞得摊贩脸色铁青目露凶光。

我在旁边照顾被他们抛在脑后的外国友人,并相中了一个小挂件。秧子抽身瞟了一眼,干脆利落地评价:"一个字,屯!"

我心情正愉快着,也懒得搭理他。

这个小玩意做工确实粗糙,但是我感兴趣的是上面刻的那句话——问世间情为何物?就是一物降一物。——靠!真是说到我心坎里去了!

我估计我是被宰了,但这回顾扬没有批评我是冤大头。当我眉目含情春心荡漾地把这东西献给她的时候,她只是作了一个可以称之为笑的表情,随即把它握在手里,怔忡失神。

晚上一直到聚餐完毕,我都保持着白天的亢奋状态。

过了十一点队伍开始分化,一部分聚赌,一部分洗洗睡了。奇怪的是我一点睡意也找不着,拉着哈欠连天的秧子絮絮叨叨了大半夜,直到他痛苦万状地磕头求饶方才罢休。

在秧子节奏分明的鼾声中,我仍然睁着精光湛亮的眼睛,在黑暗里砸着嘴,一遍又一遍回想那幸福的味道。

四点半左右,我一骨碌跳下床,把睡着的从热被窝里挖起来,把在四方城里鏖战的牌局打散，召集他们去山顶看日出。

此时是一天中最寒冷的时刻，我坚持着把自己的夹克给顾扬穿上。仔细端详一番，怎么看怎么觉着我的衣服穿在她身上真是太适合不过了。

可这样一来，我自己也就成了寒风中的落叶。再一看，别的人也比我好不了多少。于是，我们就像熊那样团团挤在一起，一边等待着太阳上工。

在漫长的等待中，我们惊喜地发现，对面山头冒出一拨年轻人，和我们遥遥相对，一起瑟瑟抖着，看样子也是来看日出的。

"喂！对面的！哪儿的啊？……"秧子开始大声喊话。

"……工——大——的……"

"太冷了！……咱们——唱歌吧……"

"好——啊……"

靠！我怎么就没想到呢?!

秧子总能出些露脸的鬼主意，这一点我是服气的，这就是差距！不服不行。

于是，我们就在刺骨的寒风中开起了红白歌会。

这个唱："对面的女孩看过来……"

那个唱："女孩的心事男孩你别猜……"

唱着唱着，竟然发现，好像也不那么冷了。

到最后，一个个嗓子都喊哑了，连学习雷锋、国际歌也都被翻出来喊了一遍，感觉像是回到了大一军训那会儿，很豪迈且傻B地跟着教官唱军歌，而且每个音节都不在调上。

就在我们即将力竭的时候，太阳出来了，那么巨大的一个鲜艳的半熟鸭蛋黄,嗵嗵嗵地跳上来,填满了整个暗蒙蒙的天空,填满了我们每个人的眼睛。

"哇! 好美哦!!"老四老婆发出一声台湾惊叹。

我又开始发抖了……

"哎,很美吧? 我还是第一次看日出呢。你以前看过吗?"

"……"

没得到反应,我向右手边看了一眼。

这一看可毁喽! 我一下就傻了,就慌了。因为,顾扬哭了。

就像三峡大坝开闸放水,眼泪呼呼地冲刷着她的脸颊,她的脸被一种伤心欲绝的神色扭曲着。对,伤心欲绝。她纹丝不动地站着,直勾勾盯着那轮新生的太阳,化成了一座伤心欲绝的石像。

我吓坏了, 压根儿不知道怎么办才好,手忙脚乱地搂住她肩膀,又不敢搂得太紧,嘴里胡乱嚷着,"怎么了?……别哭啊!……都怪我……阿鹃! 阿鹃! ……"

这时他们也都围了过来,阿鹃从我手里把她交接过去,轻声哄着。她终于看看阿鹃,像突然明白过来了似的,一下子抱住亲人放起声来。而我就那样扎撒着手站在外围,承受着全体人民或有声或无声的责问,心里委屈、糊涂、失落到了极点。

是的,失落。

在她毅然投向阿鹃的怀抱那一瞬间,我就从五十米高空掉了下来,心里空空如也。

我知道这样很幼稚,但是那种感觉太强烈了,比当年在高中课堂上做黑板题,数学老师当着全班同学的面说于燕你下来,某某上去做的感觉还要难受。

我满含辛酸地看着那个女夺权者,"怎么回事?!"用眼神问道。

但是对方没有给我明确的答案,她的眼神里有怜悯,有抱歉,有慌张,还有一丝——闪躲。

不对劲!

这是我本能的第一个反应。太不对劲了!似乎有某件大事曾经、正在、或将要发生,而且,我!就是池子里第一条遭殃的鱼。

这念头就像落在宣纸上的一滴墨,随着记忆中她的种种奇怪表现,一圈一圈、慢慢地晕开来,黑了我的整个世界。

我被困在这由她搭建的暗黑迷宫里,忐忑着等待谜底。只是我不知道,如果我是忒修斯,那么,指引我的线球又在哪里……

我被困在这由她搭建的**暗黑迷宫**里，
忐忑着等待谜底。
只是我不知道，如果我是忒修斯，
那么，
指引我的**线球**又在哪里……

第十一章　治　病

1

回来以后,顾扬病倒了。

不知道是因为山上的风,还是因为她心里的风,总之,她是被撂倒了。

"于燕,顾扬感冒了。"下午正在图书馆查论文资料的时候,突然接到阿鹃的电话。"……啊?你不知道吗?"

我当然不知道。也许在阿鹃们的眼里,我应该一定不可能不知道,但事实上我是真的不知道。

"……呃,我也刚知道,其实……可能她马上就给你打电话了……"她还画蛇添足越描越黑地解释着,一副尴尬狼狈深怕说错话的样子。——这小妮子实在不怎么会安慰人。

为了减轻这个可怜的姑娘的罪孽感,我尝试着寻找一些字句反过来安慰她,可是我发现,说了半天尽都是"没事没事"这样干瘪贫乏没有说服力的单词。——可见对于安慰人这种技术活儿,我也不怎么擅长。

当我空着两手站在顾扬她们家楼下时，已经是可以闻到楼上人家炒菜香气的晚饭时分了。

是的，我是空着手来的。

第一，买花显得太做作，像拍电视剧似的；第二，买水果又太搞笑，倒像是去看领导和老人家的；最后一条，她们家没狗，老头子又据说出门了，所以连买肉包子的钱也可以省了。我完全可以放心大胆单刀赴会大摇大摆地直闯香闺。

于是我闯了。并且很牛 B 地把食指按在门铃上。

过了很长时间——长到我有足够的理由怀疑里面的人是不是昏迷了从而考虑是否应该打 120——这才听到了缓慢的拖鞋声。

防盗门拉开，对面站着枯萎的顾扬。她小脸儿煞白，嘴唇发青，目光迷离，头发凌乱，裹在猩红的棉被里，一副随时可能壮烈的样子。

"你怎么弄成这鬼样子?! 得，快回去躺着。别站这儿吹风了。"

"哦。把门关上，不用换鞋了。"她气若游丝地说，转身回里屋了。

太棒了！她说不用换鞋。

进门前我还为这个问题忐忑着，现在她一句话就把我的困扰给解除了。真是太好了！我终于可以心安理得地把黑抹抹的袜子底和可以替代杀虫剂使用的臭味藏起来了。

可是那破防盗锁又把我难了一把，也不知道是什么高新科技的产物，那锚棍不是卡住就是根本不出来。我鼓捣了半天，好容易才把它给搞定，已经听见顾扬在里屋费劲巴力地喊："你在外边干嘛呢?! 咳咳 ~~~"

"喔! 好了好了……"我答应着,低头又看了看虽然有点脏的浅灰色地板,还是把我的破球鞋在门垫上蹭了蹭,这才进去。

一进去,我就傻眼了,感觉自己掉进了染坊。红的绿的黄的蓝的……所有家具摆设都是明晃晃耀眼的纯色,压得我几乎有点喘不过气。

其实本来我就没敢设想她的屋里是塞满粉紫荷叶边蕾丝洋娃娃的,只是想应该会和她平时的风格一样,是素净淡雅的,可就是没想到她居然搞了一堆警戒色搁在屋里。考虑到这么长时间她的视网膜居然没有因为如此强烈的刺激而丧失机能,我对她的敬意不免又增加了一分。

在这间具有强烈进攻性和侵略性的屋子里,我有点发虚,盯着她身边一大块柔软的空地儿,咽了咽唾沫,还是拉了张椅子规规矩矩坐了。

"你怎么来了? 是阿鹃告诉你的吧? "

嘿! 还敢跟我提这茬儿?!

"不是,是菩萨给我托梦,说你今日有难。"

她噗地一声笑了出来,说:"你什么时候学这么贫嘴的? 我这不就是小感冒么,干嘛非嚷嚷得天下皆知的? ……"说罢又哐哐地咳嗽起来。

该! 我心里气得直骂,一边伸手去拍她的背。

终于止住了,她红着一张脸继续找茬儿:"哎,你怎么什么都没带啊? 这哪像个看病人的呀? "

"我不是把我自己带来了么。"说完我又觉得有点肉麻。于是汕汕地找话,"看你这小体格儿! 说感冒就感冒了。多少度啊? 头疼不?

咳嗽得厉害不？吃的什么药？……"

"哎呦……"她呻吟起来，"能不能别一下子问那么多问题啊？本来不头疼的也让你问疼了。——吃了药了，就是有点发烧。"

我又伸手摸摸她脑门儿，火烫火烫的，初步估计怎么也得三十八九度。

"吃了还这么热?！"我看看床头柜上的一瓶扑热息痛，"得了，我带你上医院吧！"

"不去！——没事，真的。"

"什么没事?！打针好得快……"我很威风地数落她，边去抬她的枕头。

"别拽！"她哼哼着，"我浑身没劲儿。"

我连忙又轻轻放下，突然想起来一件很重要的事，"你吃饭了吗？"

"没有，没食欲。"

妈的！我就知道!!

"那怎么行?！有病就更得吃，本来有病了消耗就大，你还不吃东西，能量怎么补充啊……"我站起来就往厨房的方向走，"你想吃点什么？粥行不？"

"哎哎！我什么都不想吃。你别折腾了。"

我不理她，先熟悉一下地形，开始在冰箱里搜索。

冰箱里真干净，只有两盘剩菜、半根葱、一袋开了封的六必居酱菜、几个鸡蛋……

"你们家米呢？"我折回去问。

"可能在哪个柜子里，你自己找找吧。"

切！跟没说一样。

　　顾扬母亲走得早，她爸精神支柱就全在她一个人身上，估计是轻拿轻放地培养着，就惯出现在这一副五谷不分的德行来。

　　所以说同胞们，女人绝对不能惯！如果你因为怕她摔着把她顶在头上，有一天她就会在那儿拉屎的！

　　像我本人吧，就从来不惯着女朋友～～～～

　　噢耶！！找到了！

　　大米！大米就在煤气灶下面的柜子里。这一媲美哥伦布之于新大陆的重大发现，简直应该写进近代史！

　　粥煮好了，粘稠的质感泛着碧绿的光泽，真是一件艺术品啊！可是竟然有人不懂欣赏！

　　"不吃行不行啊?！"她的脸拧得像破抹布。

　　既然这样，我也就没什么怜香惜玉的心思了，捏着她的小脖子强行填鸭。

　　趁着她的发声出口被饭粒塞满的良机，我还抓紧对她进行了一番要爱惜美好事物的理论引导："你说老天爷对你多好！像我这样的打着灯笼都找不着……"诸如此类。

　　最后她说："就吃到这儿吧，再吃就漾出来了。"

2

　　医大离她们家不远，我死活撺掇着她去了。

　　医大的生意总是不分昼夜地红火，虽然从来不做广告，也不打折不促销,但照样有十里八村的人往这儿挤,低眉顺眼跟狗似的被大夫护士摆弄来摆弄去。——真牛B到了极点!

我从来都是遇强则弱、遇弱则强,到了这么牛B的地方,自然就很低调了。所以在挂号处铁栅栏里的女护士很酷地一摆手说"三楼内科"的时候,我也没敢多问,带着满肚子"三楼内科究竟在哪儿"的疑惑自行去寻找答案了。

我并不是路痴,只是我这种野生动物从小就很少得病,就算得了病也是两片药又生龙活虎了,用我妈的话来说就是:"没事儿,驴着呢!"

所以我总感觉自己像是细菌,被消毒水味一冲,就转向、就恐慌,就退回到儿童时期,拼命想让大人赶紧把我带离这个恐怖的地方。

今天没有大人了,所幸有个顾扬。她倒是十分镇定,——不,应该说是有点麻木,像在自己家里一样穿廊过院,准确定位。路过二楼通往后楼的走廊时,竟然还有两个护士跟她打招呼!

因为是流感的高发季节,门诊里挤满了人,这样我们就只能坐在门口椅子上点滴。

第三个来接头的是个白头发老头,"哎,小顾,怎么了这是?"

"没事,李主任,有点感冒。"

"你要注意啊。最近身体怎么样?"

"哦,挺好的。"

"记得按时来复查啊。"

……

一老一少寒暄的都是内部暗语,老头在顾扬介绍我的时候还好盯了我一会儿。

我揣着满肚子疑问，一直到顾扬点上吊瓶了，才爆发出来。

"现在，顾扬同学，我要问你一个很严肃的问题。"我像组织内部批评教育犯错误的同志那样正经八百地问道。

"我知道你想问什么，"她调好点滴的速度，抬起头来，像一个清楚自己的清白无愧于组织的同志那样大义凛然地回答我，"是这样的，我从前身体很不好，在这儿动过手术，住过院……"

"什么?！你动过什么手术？怎么都不告诉我?！"没等她说完我就炸了。

"你激动什么?！"她皱眉，"我现在不就告诉你了？好，你现在知道了，我身有恶疾，是不是准备嫌弃我了呀？"

看看！真是狗咬吕洞宾！

"你就横歪无比吧你！我是那个意思吗?！我不是关……"
"知——道，"她拉长声，"你是关心我。我不就是开个玩笑么。"

我哼了一声把脸扭过去，"说什么都没用了。受伤了！"

她嗤地一笑，停顿一会儿，以一种难得温柔的姿态把没插管子的那只手放在了我的手上，"是一个心脏手术，具体的以后慢慢的你就知道了。嗯……"她又踌躇了一下，像是在斟酌合适的词句，"这么说吧于燕，每个人都有他不愿和不敢提起的事情，我现在还没法儿完全放开跟你谈以前发生的一些事，但我可以保证我正在努力，你能理解吗？"

理解。我暗自叹了口气，当然理解。

以退为进。我从来都斗不过她，不理解还能怎样呢？

以前她总是一个人在路上，拒绝我的同行。现在起码愿意偶尔回头看看我，我也该意满心足了。对付这么一个顽固分子，除了等待,我还能做什么?

　　据说感冒病毒存活的时间是一个星期,也就是说,在不转化为肺炎等重量级疾病的前提下,即便你不使用任何治疗手段,它也会自然消亡的。用药只不过是使你在这段时间内减轻发烧鼻塞头痛咳嗽等等痛苦,或者帮助那些免疫力基础薄弱的人对抗病毒。

　　顾扬在我的淫威下还算乖地打了三天点滴,又养了五天,基本痊愈了。

　　然后她告诉我,她要出门一段时间。

　　当时我们正在逛药店(没错,不用怀疑,是药店,不是商店。看我唧唧歪歪了这么久,你要是还没习惯她的这些异常举动,那我就真的没办法了)。她在把一口袋转移因子口服液塞给我时,突然下达了这么一个口头通知。

　　"上哪去?去多久?跟谁一起去?……"我提着大包小包屁颠屁颠地跟在她旁边连珠炮似地问。

　　"不远走,回老家一趟,也就五六天吧。"

　　"回丹东?和你爸?"

　　"不,我自己。于燕,"她突然一本正经起来,"我要去了结一些事情,完了就回来。"

　　了结。

　　听见她使用这个词,我的不太灵光的脑袋瓜忽然清明起来。我隐约意识到,事情正朝着有利于我的方向发展。但高兴之余我又有点担心,就像买卖人,不到最后在合同上签字那一刻,心里无论如何不能塌实。

　　这中间不会再生出什么变数了吧?

3

到了她们家楼下,她把大包小包接过去,腾出一只手在其中一个袋子里翻弄。

"你找什么?"

"那!这是给你的。"她直起身,递给我一个小纸盒。

我一看好悬昏倒,居然是钙片!

"每天晚上睡觉前吃两片,别忘了啊。"

我有点哭笑不得。她自己拿药当零嘴吃,还想把我也给同化了。

可话说回来,心里还是一阵暖和,爬山那天以为她也就是开开玩笑,没想到还真上了心。

感动归感动,嘴上还是说:"别逗了你!让我吃这玩意儿!我又不是七老八十了……"

"少废话!让你吃就吃!"她眉毛都竖了起来。

"得得,吃……吃还不行吗。"

"这还差不多!乖乖听话啊,等姐姐回来给你带好吃的。"

"我不要好吃的,嘿嘿,我要朝鲜美女。"

"可以呀!"她也乐了,"给我拿两条红中华,我给你换个朝鲜美女。"

"上去吧!明天给你红中华。"

我目送她走进楼门里,却忽然停住,转身又跑回来。

140

"忘什么了？"

我话音还没落，她已经踮起脚在我脸上叭地来了一口，然后又迅速撤退，噔噔噔地上楼去了。

我愣在当地，半天没回过神来。伸手在胳膊上拧了一把，疼！那么说，不是我白日狂想了？那是怎么回事？突然转性了？？

后来，我就始终处于一种轻飘飘的状态之中，不时还发出令人毛骨悚然的笑声。晚上打"拖拉机"时，走神儿若干次，出错牌若干次，为此遭到对家的脏字和拖鞋惩罚若干次。捱到老四约会回来了，人员有了富余，我就被他们赶下场了。

我没舍得洗脸就钻被窝了。牌局结束之后他们的兴奋点还没过，就勾结起来折磨我。

"老六，看你今天一脸淫荡，干什么好事了？不跟兄弟分享一下？"

"就是啊，我看你走路重心不稳，下盘浮飘，操劳过度了吧？哈哈，哈哈……"

我在心里迅速分析了一下当前的形势，并得出了一个结论：眼下我有三个选择：a、招供，被他们嘲笑；b、以每人至少一盘二部的锅包肉的代价作为交换；c、自愿做苦力打一个星期的水或扫一个星期的地。

金钱和劳动二者我都不愿意支付，那么就只有牺牲名誉了。

于是，我如实供述了。

他们对我叙述的事实得出了意料之中的一个统一的意见——一个字：切！~~~~

4

因为不是学生放假和民工返乡的高峰时段，火车上还显得比较宽松。我把她的大旅行包在行李架上安顿好，舌头就开始自作主张：

"留神看着点包，不认识的人找你搭话别理他，票拿好了，别等出站时候找不着让人罚款，别随便买站台上卖的吃的，不干净……"

她一直抿着嘴乐，瞅准个话缝儿打断我，"于老师，您请回吧，车马上就开了，您再唠叨一会儿兴许就到丹东了。"

"最后一句，"临下车前我还不肯放弃，"到了二姨家给我来个电话，啊。"

我在站台上一直看着火车屁股从视网膜上淡出，突然没来由地恐惧起来，仿佛火车上的那个姑娘这一去就再不会回来。

掏出一根烟，我靠在柱子上慢慢吐云吞雾。

我虽然呆，虽然反应迟钝，可是这么长时间下来，也大抵猜出一些轮廓。——以前在她身上发生的某些事，所产生的后遗症一直缠绕着她。

也许在她恢复的过程中，我扮演了青霉素的角色。现在我所担心的是，她对青霉素会不会产生抗药性？或者，病情恶化，干脆转成不治之症？

也许在她恢复的过程中，我扮演了**青霉素**的角色。
现在我所担心的是，她对青霉素会不会产生抗药性？
或者，病情恶化，干脆转成不治之症？

第十二章　寻　人

1

女朋友从缺的日子很容易使一个男性从人变成猪，尤其是一个一半时间睡觉剩下一半全部用来等待执行的死刑犯——不，我是说大四毕业生。

顾扬走后，我迅速找回了猪的生活方式，顺利得没有丝毫滞涩。

遗憾的是，我也只是徒具猪的外形。虽然每天都和其他公猪们疯狂地麻醉在游戏和扑克牌里，可思念还是像红杏一样没法关住，其强度绝对比总惦记高老庄的悟净要大得多，次数也要频繁得多。

掰着脚趾头计算，今天已经是第十天了。除了第一天发的一条比兔子尾巴还短的消息"我到了。一切顺利。"之外，就是一片渺茫。

我试着打了几次电话，结果都是移动公司那个熟悉的女声跟我对不起。

关机。

我妈有一次看我上同学录的时候曾经感慨过，说这年代真是好,又有手机又有网的,想找谁就能找着谁。这话表面上看起来是没错,可问题的关键是寻找指向对象的主观意愿。我想跟我老妈说:前提是该对象"愿意"被你找到。

很显然,我的寻找指向对象,不愿意。

胶着到这个时候,我只得打给阿鹃咨询。

"没有啊。她也没给我打电话。——她走了几天了?"

"十天,"我看看表,"零十四个小时二十七分。"

电话那边沉默一会儿,接着说:"于燕。"

"啊?"

"你真是个好人。"

好人!嘿,已经是第二次被冠上这个荣誉称号了。

好人。好人顶屁用!倒霉的总是好人,我宁可当个祸害。

"那你有她二姨家的电话吗?"

"没有。——你往她们家打过了么?"

"刚打了,没人接。"

"……你别急。她爸爸可能晚上才在家。——放心吧,她不会有事的。"

我也拿这句话安抚自己。可是总觉得轻飘飘的压不住,心里无论如何不落底儿。晚上吃饭时一边扒拉饭粒一边胡思乱想,什么莫名失踪的被下迷幻药的恐怖情节一个接一个往外蹦。

"哎哎!都吃鼻子里去了!你他妈想什么呢?!"老二抢过我的筷子使劲捅了我一下。

晚饭时间就在我根本不知道吃了什么的状态中度过了。我开始不停地打电话,三五分钟就按一下重拨键。

嘟⋯⋯嘟⋯⋯

时间在恒久不变的嘟嘟声中被无限拉长,仿佛能听见秒针缓慢走动的声音,像是电池没电的随身听的那种慢得滑稽的节奏。

"老六,你这干嘛呢? 满屋的转悠。长痔疮了吧?! ——哎! 你上哪儿去啊?! "

老四陡然拔高的声音被我抛在身后。因为,我已经夺门而出。

走廊里老四的尾音远远地追过来:"马上就熄灯锁楼门了啊! ⋯⋯"

2

一片漆黑。

我站在她们家楼下,像一只瘪了的皮球,呆看着四楼那个黑抹抹的窗口。

黄河到了,肯死心了? 来的时候还浑身是劲儿,现在累得只想就地卧倒。

只是累,甚至盖过了担忧。

我抹了把脸,拖着灌铅的双腿往回走。宿舍是回不去了,只能回家。半夜突然跑回去,少不得要被老妈抠腔盘查一顿。光想那场面都觉得恐怖～～～～

找个什么理由呢? 得,就说和同学出去唱歌,太晚了进不了宿舍。

这个瞎话果然到位,虽然老妈有点奇怪,还是开关放行了。

我一动不动地躺在床上，眼睛涩得睁不开，但脑子里却一点睡意也无。——那爷俩出什么事了？俩大活人凭空就消失了？会不会是老家出什么生老病死的大事了？还是老顾同志得罪了什么恶势力，父女俩卷包避难去了？……

打住！这都哪儿跟哪儿啊！

实在不好意思，于燕这个人哪儿都挺好，就是爱不着边儿地瞎合计。这么长时间了您也应该摸着规律了是吧？

翻了个身，胯骨被什么东西硌了一下。伸手一摸，我就知道那是顾扬走前给的那瓶钙片。

一瓶是一个星期的量，两天前吃完了，空瓶还一直揣在裤兜里。

为了完成她交给我的任务，我可是担惊受怕殚精竭虑地过了一整个星期。兄弟们要是看见我吃这玩意儿，说死也要对我进行毫不留情的侮辱打击，掀起一片腥风血雨的。

长期在黑暗中摸索的结果是：我对这个小药瓶的外形有了非常熟悉的手感。因此一摸之下我立即就断定是那个小塑料瓶。

我紧紧地攥住它，那种什么也抓不住的虚无感和不安全感渐渐消退了。

"真能折腾人哪我的小姐！再不露面我就登寻人启事了……"昏死过去之前我这样想道。

我**一动不动**地躺在床上，眼睛涩得睁不开，但脑子里却一点睡意也无。

没等我把登寻人启事这个想法付诸实施,她就浮出水面了。

我就知道!即便是潜意识,她也是要和我对着干的,而且要干得大张旗鼓让我饱受惊吓。好像是生怕人家不知道她是女主角儿似的,每一回出场都得风头十足与众不同。

就在第十三个食不知味神思不属的晚饭时分,阿鹃突然跑来找我,神色慌张。

"顾扬回来了!"她劈头就扔给我一颗炸弹。

"啊? 回来了?! 什么时候?"我下意识地举目四望,人呢?

"……呃……你快去看看吧! 她……她有点……"

我的心咯噔一下跳到嗓子眼,"怎么了? 出什么事了?! "

"也不是……哎呀怎么说呢!"她急得一跺脚,"快走吧! 还废什么话呀?"

我从来没有预想到生命中第一次与女方家长的会面会在这种情势下进行。

从小我就被耳提面命,做事要有计划。因此,这之前我已经根据她对她爸爸的约略描述拼凑出了其性格特征的大概轮廓,并设计了几种不同风格场景和对白,企图使自己感觉起来像个衣冠楚楚家长放心的好孩子,以便让局势朝着有利于我的方向发展。可是我忘了另一句更重要的话——计划没有变化快。突来的一个变数往往会打乱整个棋局。

所以实际情况是：我趿拉着拖鞋穿着 N 天没洗的皱巴巴的 T 恤裤衩冲到她们家，一点也不衣冠楚楚而且神色慌张像只蝎蝎蛰蛰的急皮猴子。

相比之下老生姜的沉着就凸显了出来，没等我"您……您好，我是……我是……"地结巴完，就挥手打断了我，并作出了指示："我知道，你是于燕，进来吧。"

"叔叔，顾扬还那样么？"阿鹃一边问，一边往里面探头。

她爸爸拧着眉头，走过去在玻璃拉门上敲了敲，"扬扬，你朋友来了。"

等了一会儿，里边鸦雀无声。

"我能进去吗？"我走到他身后问。

他点点头，转身走回客厅。我注意到他的腰有些佝偻，肩膀也仿佛耷拉着。

虽然路上阿鹃已经给我打过预防针，拉门洞开的那一刹那，我还是中断了两秒钟的呼吸。

不到 10 平方米的狭小空间里，她背朝着我，盘腿坐在一张草绿色的软墩子上面，正对着画架子，化成一座石像。

我蹑足走到她身前，弯下腰把脸凑近，轻声说："嗳，是我啊。"

石像岿然不动。

"你不是说给我带朝鲜美女吗？啊？对了，钙片我都按时吃了，你看，"我原地踏步两下，"都不抽筋了。"

就像被点了穴一样，她只是直勾勾地盯着面前那块白生生的空空画布。我看看她手里紧抓着的调色盘，里面的颜料表层都已经凝结了。

我又用手挤着腮帮子做猪的鬼脸。以前她发呆或者生气时，我曾用这个办法逗乐她。

可是这次不灵了。除了偶尔眼皮的眨动证明她还是个活物以外，她就像是丢了魂似的丝毫没有反应。

"咱不玩了不行吗?你赢了还不行吗?啊?"我的声音颤抖起来，——不，是连抬头纹都颤抖了起来。

她到底把魂丢在哪了?

老顾说他出差回来下午才到的家，看到顾扬的时候就已经这样了，估计她是昨天、或者是前天回来的。

"一直都这样?伯父，究竟出什么事了?"坐在客厅沙发上，我同样耷拉着肩膀，只是腰还没有佝偻，问。

"我还想问你呢!"老头的口气冷峻得像是高仓健。

我? 我真是冤枉啊! 比窦娥还冤!!

稍微定了定神，我开始为自己洗脱罪名，并且在记忆中搜寻送她走之前的一切细节，试图找出一些可疑的蛛丝马迹，以解释她现在更加可疑的行为。

我和她爸爸两个像探子一样对照分析排除确认，最终得出一个结论:病因就发生在她回老家去的那几天。这时，我看见她爸爸露出了一种奇怪的表情。也许是想到什么关键所在了?

他的神色还在游移不定，里屋阿鹃突然"喂喂"地叫起来，紧接着就见回了魂的石像一阵风地刮过来。我还在张大着嘴，她已经穿上鞋了。

还是老生姜最先反应过来，喝了一声:"站住! 你干什么去?! 别胡闹了！"

顾扬的动作滞了一下，也不吭声，继续去拧门锁。

"你去过东沟了是不是？"她爸爸突然没头没脑地插了一句。

我几乎要怀疑这就是定身法的口诀了。顾扬一下子僵住，然后霍地转过身，梗着脖子瞪着她爸爸，眼珠精光湛亮。

爷儿两个一副表情，脸色一白一青，空气倏然间被拽紧了，连我的皮肤也跟着绷紧了。我仿佛听见炮捻子点着时发出的滋滋声响。

"你为什么不告诉我？"她轻轻地问。

"你为什么不告诉我?！"第二句声音陡然拔高，几乎可以称得上是大叫了。

"那那是为你好！那时你刚动完手术，怎么能受那种刺激？何况去年我不是都跟你说了么？"

"去年！"顾扬冷笑，"出车祸死了——你不是这样说的么？我到现在才知道。要不是这次遇见他妹妹他们，我还是像个傻子似的什么都不知道！昨天我也去找过李主任了，好啊，这么长时间了，原来你们一直合着伙地骗我！"

我已经吓呆了。自认识她以来，从没见过她这副样子。此刻她神情激动，目光充满怨恨，像是随时能从鼻孔里喷出火来。她爸爸面色铁青，既不呵斥也不辩解，完全不考虑我这个局外人听得一头雾水，如堕云里。

"我只问一条，当时为什么放弃抢救了？本来有机会能救活的！"

"别不讲理！"她爸爸终于出声了，"医生诊断的结果就是这样，而且他家里人不也签字同意了？"

"不对！是你一直就看他不顺眼！你们都看他不顺眼，巴不得他死！"

吼完这一句，她疯了似地撞出门去。

我呢？

废话！当然是追出去了。

4

不管他们在打什么哑谜，我对这种不和谐的场面没有一点适应能力。现在她跑出来对我而言反而是种解脱。

顾扬不管不顾地往前跑，我一边喊着她的名字一边撒丫子追。没一会儿听见阿鹃在后面"啊呦"一声，可能是摔了或是崴了脚。我也没心思理她，继续着我和我追逐的梦。

她当然跑不过我，赶在她冲上马路造成交通意外之前，我在路边一把抓住了她。

我们俩都喘得说不出话，她只是不断地摔开我的狗爪子。见她没有再跑的意思，我也就放开了她。

"你神经病啊?！找死吧?！瞎跑什么呀?！！"一缓过气来，我破口大骂。

"你别管我行不行?！"她抓着栏杆，根本不看我一眼，"你是我什么人啊?！烦不烦啊?！！"

这句话就是我的定身法口诀了。

烦！她说你烦。——全身的血液瞬间降温，全都往心脏涌过去。

我是她什么人？

我他妈的是她什么人呢?!

什么都不是。

刚捅了我一刀的我的梦直起腰来，又飘飘悠悠地往前走。

于燕！你要还是个带把儿的就别跟着！

难道你就放心让她一个人神志不清地乱走？

——两种声音在角斗。

一、二、三……十二、十三、十四……

唉！算了吧。她现在纯属一条走火的枪，撞上了就自认倒霉吧。我宁愿认为那不是她的真心话。

嘿嘿，还真他妈的贱啊！

我们一前一后地走了一小段，她又回过头冷冷地说："别跟着我。"

"谁跟着你了?!马路是人民政府的,我爱走这条你管的着么?"

她看了我一眼,扭过头去继续飘悠。再没撵我。

到了市政广场,她终于打住了,坐在花坛边上,还是发呆。

我坐在离她两米远的地方,揉着木头棒子一样的双腿。靠！真他妈累！精神上和肉体上都要"卒"了！

广场的喷泉竟然开着,彩灯晃得水柱斑斓变幻。晚风习习、夜色撩人,大苹果般的小朋友们在快乐地嬉戏……

噢对了,我差点忘了,今天是六一儿童节。

多么甜美的一个夜晚啊！我干点什么不好?偏要自找这份儿活罪！

红绿光影交替闪烁在她的脸上,看不清表情。这一切的万恶的根源究竟是什么? 你到底是我的美梦还是噩梦?

不管是美梦,还是噩梦,我隐隐地意识到,梦,就要醒了。

也许,就在今天。

又过了一会儿,她突然掉头问:"有烟吗? "

我吓了一跳,掏掏耳朵,不敢置信地反问:"有什么? "

"烟。有吗? 给我一根行吗? "

我摸摸裤兜,今天中午从秧子那儿打劫的半盒三五还在。她会抽烟? 我怎么不知道?! 一边递烟和打火机给她的时候我一边纳闷着。可是她的手剧烈地抖着,无论如何也打不着火。我在心里叹了口气,凑过去替她点着了。

"咳咳! ……"刚吸了第一口,她就咳嗽起来。

"不会抽还逞什么能啊?! "我大骂,劈手夺过烟,放进自己嘴里。

靠! 他娘的真正是七窍生烟!

我感觉自己变成了一截烟囱,沉默的烟囱。

"于燕啊,"她幽幽的声音疲惫地响起,"你干吗还要管我呢? 我给你添了多少乱啊! 其实我就是个扫把星,不管谁遇上我都会倒霉的。你还是赶紧撤退吧,现在,还来得及。"

"别胡说!"我驳斥道。不过想一想还真是这样,自打碰见她,我没过过一天安生日子。

"不是胡说。"她的声音轻得像一片羽毛,"于燕,你人太好了,人太好就会被欺负。你看,我都把你欺负成什么样了! 我老是对你爱理不理的,一点也不温柔,又不会撒娇,还经常任性地折腾你。可

155

是你呢？从来也不生气，从来都让着我。虽然我嘴里从来不说，但是我心里是记着的。你这个大傻子呵！你知不知道你做了一笔亏死了的买卖？你给了我那么多，那么那么多，可是你得到了什么呢？一盆盆冰水，一次次失望？何苦呢于燕，我值得你这样吗？啊？值得吗？"

可是我已经无法回答。

因为，有一种东西像塞子一样梗着我的咽喉，它像开关一样同时控制着我的嘴和眼睛，我生怕一开口，答案会从我的眼睛里流出来，而不是嘴里。

值得吗？我甚至从来也没有假设过这个命题。

以前我有个中学老师曾经说过：从来就没有绝对意义上的平等。这个真理普遍存在于人类社会的每个角落，在爱情关系里也是一样。所以等价交换的原则并不能时时适用，只要买卖双方愿意，就成交，值不值得只不过是一个相对的概念。

见我不吭声，她自顾自地往下说，"我知道，你一定觉得我的行为很奇怪，也肯定有很多疑问，虽然你顾虑到我的感受故意忍着不问。现在我就告诉你，全都告诉你。"

我仍然直勾勾地盯着脚尖，心却狂跳起来，像是回到高考成绩揭晓前一刻的时候，期待、焦虑和恐惧齐头并进，甚至手心都有些湿了。

"你看过《神雕侠侣》吗？"

她突然来了个大转折，我愣在当场，就像拿起了电话自动查分台却突然播天气预报一样的莫名其妙。

"啊？什么意思？"

可她像完全没听见似的，完全陷入了另一个时空。

"……小龙女为了救杨过，连自己的命也不要了。可是杨过并不知道，他甚至还误会她，恨着她。你说，他是不是很没良心呢？现在他知道了，可是他连跳下悬崖的勇气都没有，连一滴眼泪也没有。真不是东西啊！……"

我听得云里雾中。她究竟想说什么？刚才的那种恐惧感又慢慢爬升上来，一丝一丝地侵入我的五脏六腑。

难道她别有所爱，却又被人无情地背叛？

这个念头还没完全成形，我就不假思索地把它摆了出来。"你是说，你为了这样一个人这么折腾自己？折腾我？！"由于愤怒和嫉妒，我的声音竟然有些尖利。

"于燕！"她突然大叫，猛地站起来，"你还不明白吗？我就是那个杨过！我喜欢的那个人为我死了，可是我竟然连一滴眼泪都没有！一滴都没有！你不觉得这很可笑吗？啊？"

说罢她就真的笑了起来，只是在我听来，更像是哭。

我震惊不已，慢慢地直起身，心中一片茫然。这个答案完全超出我的想象，也完全超出我的理解能力。它充满了戏剧性的夸张，夸张得似乎不应该出现在我的生活里，可它又是那么真实，真实到即使我闭上眼睛，还是会看见它的存在。

她离我仅有一个手臂的距离，可她的声音却像从千里之外传来，"我不应该拉你下水的，可是，可是你不知道，你的声音太像他了。我不想去找你，可是我控制不住。其实这次我回去，本来是想了结这件事的，我想好好生活。可是没想到，没想到会变成这样。我爸他，居然一直瞒着我！于燕，我以前不信命，现在我信了，"她的声音开始凌乱，右手死死揪着胸前的衣服，"我没办法，我对不起你，这里面装着的是他的心，我没办法……"

说到最后，她急促地喘了起来，眼睛飞快地眨动，身体不住晃动着。

我抢上去一把搀住她，命令道："哭吧！哭！哭出来！"

她又倒了几下气儿，终于"啊"地一声哭了出来。大概是憋得太久，这一声啊的特别长，就像是用丹田在哭一样。她似乎把全身的力量都用上了，不顾一切地号啕、抽噎，还断断续续地念叨着："为什么他们都不告诉我？"只有这一句，翻来覆去。

我的鼻子也一阵阵发酸，脑袋里空空荡荡，也不去理会周围指指点点的人们。

怎么会是这样一个结果呢？为什么会这样?!

也不知道过了多久，她已经没了眼泪，只剩下抽气声和背部的痉挛。我很怕她会就此窒息，于是拍打着她的后背让她停下来。

等她终于平静了，"回家吧。"我疲倦地说。

第十三章　此题无解

1

我终于走出了迷宫，可是迷宫外面，没有她。

时间和命运联手策划了一次黑色幽默，在充满了孩子们欢声笑语的节日里，把我从白棉花般的云朵里狠狠踹了下来，我在空中急速下坠，每踩一脚都是虚空。——这一切真的发生了吗？

把她送回去以后，我沿着马路往学校的方向慢慢走，一边在脑子里把方才她说的每一句话仔细地过了一遍。我的迟钝的反射神经尚不适应这种激情燃烧的情节，因此我需要时间。

我在街心花园里找了块干净的草皮躺了下来，被污染过度的城市上空只有两颗星星在注视着我，宁静、安详，没有扫把。

就像在做连线题，礼堂、庙里、海边、山上……每一个关于她的疑问都找到了对应的解释，线条庞杂却清晰。我自问为人还算老实，不过就是想简单地谈一场简单的恋爱，为什么要发给我一道这么复杂的题？！

妈的！

我不像老四，他很善于做题。

去年夏天，史努比曾经给他出过一次难题。

那时他们刚刚勾搭成奸，正处于鱼水和谐的高温阶段。为了讨女友的欢心，老四赔上了全副身家，陪吃陪喝陪玩，买单时眼皮都不抬一下，在场面上非常牛 B。这样做的后果是：虚胖！老四很快就消肿了，经常举债度日，每个月家里寄来的生活费先用来还债，然后再指着兄弟们的救济款过活。后来发展到连暖水瓶随身听什么的都卖了出去，如果不是因为内裤没人要，相信他会把内裤也卖了的。

看着老四人不人鬼不鬼的德行，我们哀其不幸、怒其不争，经常趁他不在的时候控诉万恶的地主恶霸史努比，并歃血为盟决不做老四那样软骨头的亡国奴。当时除了秧子，就数我立场最坚定，反响最热烈。可是没想到几个月之后我就变节了。但由于我的侵略者采取了怀柔和与民休息的统治手段，我一直没有老四那样的遭遇。兄弟们也因此一致认为：如果我的统治者能够再平易近人一些，和被统治者完全打成一片的话，反抗简直是没有必要的了。

扯远了，我们再拉回来吧。接着说老四做的那道题。

话说老四暑假回来后，就听到风声说他们家史努比有外心。还没等老四证实，奸夫竟然找上门来了！说是史努比的高中同学，俩人一直有来往，每次放假回家日，就是旧情复炽时。老四都懵了，敢情史努比在老家还有座行宫呢！愤怒而悲痛的老四，痛扁情敌、借酒消愁、疯狂学习、行为反常……总之，失恋男人的正常工序，一道没拉，全部走了一遍。

就在我们为老四抱屈集体大骂奸夫淫妇、苦劝老四天涯何处无芳草大老爷们当自强的时候,两人竟然和好了!靠!老四得意地说史努比保证了,最爱的还是老四,要和那男的一刀两断。两个人就抱头痛哭一场,冰释前嫌,照样好的蜜里调油一般。气的老二大骂:贱!

想起都没说史努比什么好话,我们也都战战兢兢的,直后悔不该管这周瑜打黄盖的烂事。

我们越想越窝火,哦,合着你们两口子拿我们当傻 B 涮着玩儿那?!终于,在一个月黑风高的夜晚,我们抄起各自的拖鞋,狠狠向嘴角含笑的老四扑去……

其实我和老四没什么阶级仇恨,所以并不是为了不很光明正大的目的到处抖搂他的破事儿。之所以举了这个事例是为了做个参照,用以反衬出我的失败。

我的确很失败。而且很郁闷。

没有出墙的女朋友,没有横插进来的情敌,故事里没有大白脸,我也不是最可怜的受害者。事实上我认为在那个已化灰的人给她们俩的故事划了那么惊心动魄的一个句号以后,他就已经成为神了,在这种光芒的照耀下我个人的失败看起来微不足道。如果我非要寻死觅活哭哭啼啼要个说法,无疑会暴露出我作为凡人的卑琐,很有可能非但得不到同情反而惹人生厌。

无法尤人,只能怨天。

我紧握着拳头,却,打不出去。

我不记得是怎么回到宿舍的了,只记得谁——好像是老三——嚷了句:"靠!这咋整的跟刚从十年浩劫过来似的?!"然后老二接了句:"我操!你哪那么多废话?!走,我请你上厕所。"后来屋子里就陷入了一片死寂。

熄灯以后，我爬起来上了趟厕所，回来裹在那身脏衣服里继续研究上铺的床板。

睡不着。

我很少有这种时候。我是那种一挨枕头就着的人，即便是半夜被人抬走也绝没知觉的那种。我妈说："傻人都这样，吃得香睡得实。"

事实上也真的出现过这种案例。刚入学那会儿，因为在家横打把式竖旮旯子的惯了，晚上就不自觉地拿一乘二的小床当双人床用。有一天半夜，啪叽一声掉地下了，模模糊糊好像还琢磨过：是不是掉下来了？完了就继续呼哈了。起早老四尿急，黑灯瞎火的一脚绊在我身上，立时就吓醒了，"嗷"地一嗓子把全寝室地人都叫起来了。还得说我们老大，真有临危不乱的大哥风范。这厮先是伸指在我鼻端探了探，说道："没事儿！还有气。"然后就使劲掐我的人中。当时我正在和梁咏琪进行亲密接触，结果一睁眼，赫然是老大那张黑胖的大脸。各位，您摸着良心说，世上还有比这更残忍的事吗？

后来每年一次的上下铺对调，他们就发扬人道主义精神，把我永远固定在了下铺。

鼾声、磨牙声、放屁声，声声入耳。黑夜在失眠的面前被无限拉长。

98、99、100……我专心致志地数炸鸡翅膀，无奈顾扬的脸总是时不时地跳出来干扰，从二十几个鸡翅膀搭配一次顾扬的频率逐渐递增，不一会儿，鸡翅膀和顾扬就各自占领了半壁江山，在数量上持平了。鸡翅膀节节败退，终于全军覆没，顾扬取得了压倒性的胜利，一统天下了。

2

那几天，我都在挺尸。苍蝇们被这腐烂的气味吸引了，纷纷跑过来做窝，我就想起以前看过的一部外国片，那个侦探掀开尸首身上压着的木板，一团苍蝇轰地飞散开去，蛆虫们在尸体张着的嘴里爬进爬出。

可是我的大脑竟然还很清醒，也没有像我以为的那样难过，甚至忍住了没给她打一个电话。

但是给阿鹃打了一个，主要还是担心，怕她真干点什么傻事出来。另外，好奇心压倒了一切，她的故事勾起了我强烈的兴趣。

"我在图书馆呢，等会儿我打给你吧。"阿鹃的声音压得很低。

"那好，我这就过去，楼下芳草园见。"

芳草园和小卖部、精品店、网吧一样，都属于图书馆的附属产业，以出售果汁、冰淇淋以及泡面汉堡等物牟取暴利。自打去年年底校长一时兴起提倡后勤改革，学校里就如雨后春笋般涌现出了一支服务业大军，从洗衣房、豆浆店到美发屋电信营业厅，林林总总五毒俱全，后来食堂还干脆在楼上搞起了包厢，里面配备中档KTV设备。对此种现象，我们外国文学课的老夫子曾疾首拍案："声色犬马！光怪陆离！L大越搞越操蛋！！"

老夫子的版本里并没有操蛋这个词，但大概是这个意思，我只是润色了一下，以便更生动恰当地体现那种强烈的情绪。

坐在可口可乐无所不在的傻 B 桌子旁边，我目光炯炯地盯着正低头啜饮可乐的阿鹃。

"既然你都知道了，告诉你也没什么，不过……有些事情我也不是很清楚。"她终于抬起头来说道。

我点点头，听她磕磕绊绊地展开叙述。

她说顾扬和那个男的从初中起就好了，中间也是一波三折分分合合的。高中以前顾扬还没有转学来沈阳，所以这之前的详细情形她并不十分清楚，只是听顾扬跟她讲过一些。"他们都管他叫小龙女。其实那么个神采飞扬的帅哥居然叫这样的外号，这事也挺好笑的。"

说到此处，她看了我一眼然后微笑，"不是我夸张，于燕，你要是看见他本人，估计你能自卑死。你别生气，我不是说你长得不好，是他实在太酷了，他就是那种扎在人堆里你也能一眼把他挑出来的。怎么说呢？有种特别野、特别亮的气势。你说是不是这种人都是悲剧型的呢？听说他们家挺穷的，就是那个'东沟'，他是那里人，有点类似乡下。"

"顾扬也是那个地方的人么？"我插嘴。

"没有。她在市里，但他们初中是一个学校的。顾扬说从小父母就都不管他，他就跟他奶奶过，书念得乱七八糟的，就是打架特狠。对了，我亲眼看过他跟人打架，真像凶神似的。我也弄不明白顾扬怎么会跟他好上的，她那种好学生，又书香门第的，根本就不是一个世界的人嘛。不明白，反正他们就好了。但是顾扬转到我们学校以后他们好像分手了,高中三年我都没见过这个人,我第一次见到他那时我们都在大学里了。"

"他们不是分手了么？"

"是啊。但是又好了啊。他们就这样,吵完了好,好完了吵的。你想,学历差这么多,而且那个小龙女其实根本就是个混混,我估计违法的事也没少干,你说这俩人可能顺利吗？再说了,哪个当父母的愿意把自己的女儿交给这么个危险人物？你也见过她爸爸了,为这人她没少跟她爸翻脸。连我们这帮朋友也没有赞成的。"

"够倔的。不过帮主品位差了点吧,"我酸溜溜地说,"值得这样么？"

"可能她觉得值得吧。他对顾扬很好那倒是真的,虽然他跟别人都特横特流氓,但是从来没对顾扬用过一个脏字,她让他干什么他就干什么。你不知道,其实他早就来沈阳了,顾扬大学那几年,他就在美院旁边偷偷租了个房子一直住着。可能敢给顾扬气受的,都被他暗地里给收拾过了。——不是有那么句话吗？'仗义每从屠狗辈,负心最是读书人',可能他们那类人不会玩什么知识分子的风花雪月,但是如果真到了关键时刻,比如扑上去替女朋友挡枪子儿之类的,估计他眼都不带眨一下的吧。""后来,"她顿了一下,然后继续说,"就是前年,顾扬心脏出了毛病,当时病危通知都下了,因为短时间内找不到合适的,做不了移植……"

"等会儿,"我打断她,"那么说,就是他——把自己的心——换给顾扬了？这……这也……"我说不下去了。虽然明知事情就是如此,我还是不敢相信。这可不是换个肾啊！

"这个之前我也不知道。我只知道找着合适的了,手术也挺成功。但我没想到竟然就是他……顾扬告诉过我他是出车祸死的,就葬在老家了。现在看来并不是这样。那天顾扬说这次回去遇见他家人了，那肯定是问了他们才知道真相的。不过我还是想不太明白，要说他为了顾扬把自己弄死那也太离谱了，又不是聊斋故事……"

"医大有个李主任，你认识吗？"我突然灵光一现，想起那天陪她去医大打针的情景，"一个干干巴巴的小老头，好像跟顾扬很熟的。"

阿鹃诧异地看我一眼，一副"你怎么知道"的表情，"我知道。是她的主治医生，手术就是他主刀的，怎么了？"

"没怎么。你不是想不通么？"

3

那天下午，我们跑到医大找着李主任共花了一个半小时，坐等他处理完手头的病人又花了四十多分钟，跟他的谈话却在短短十分钟不到的时间里结束了。

"这是干什么？"老头手一挥，一上来就直接切入主题，"昨天小顾来找我，今天是你们。我说了，是外力重创头部，脑死亡，送来的时候就已经这样了，我只管尽我的责任，该怎么治疗就怎么治疗，我的目标就是把她治好，别的我不管。你们这些孩子，偏抓住我不放！"

见我们面面相觑不敢吭声，老头干干巴巴的语气稍稍和缓，"过去的事过去就算了。现在小顾不是一直维持得不错么？这已经是个奇迹了，难得这么长时间都没有出现任何排异反应。你们要好好劝她,老钻牛角尖对控制病情没一点好处。"

末了,老头又看了看我,说:"那天陪她来看病的是你吧?唔,不错,不错。……唉,我记得那个男孩子看起来也不错,可惜啊,年纪轻轻的……"

从医大出来后,我们一路各怀心事,默不作声。

"真惨。"阿鹃突然出声,把我吓了一跳。

"我原来就觉得他不会有什么好下场,毕竟得罪过那么多人。天哪顾扬现在肯定难受死了,那时她住院之前她们还在闹分手,闹得特凶。她住院的时候小龙女昼夜不分地守了好几天,然后就突然消失了。顾扬后来一直记恨他,谁知道居然会这样……这么一刺激,不知道又要什么时候才能痊愈了。"说到此处,阿鹃连连叹气。

痊愈。这个词又勾起了我的记忆。

感冒痊愈要一个礼拜,那感情呢?要多久?

又或者,她还能够痊愈吗?

阿鹃这姑娘倒真好心,又絮絮叨叨地安慰了我半天。"你放心吧,她是从鬼门关里爬出来的,不会再犯傻的。只是时间的问题。"最后说,"她挺可怜的,你那么喜欢她,帮帮她吧!"

帮帮她。我在心里苦笑,看样子她是想把我打扮成一个情圣了。那么谁又来帮帮我呢?

又过了两天,还是忍不住想看看她是不是还在牛角尖里折腾自己,于是,打电话。

我也不用说话,随便找个公用电话打过去,听见她"喂"地一声,就挂。

第三次电话刚一通,她劈头就问:"于燕,是你吗?"

我心里一哆嗦,鼻子一阵发热,干嘎巴两下嘴,砰地把话筒挂上了。

再等等吧,我一边平抚跳得快虚脱的心一边想道,等我先把自己整理好再说吧。

我必须再次强调一下,我是个懒人,也可以说是个极其混乱的人。整理从来就不是我的长项,无论是床铺、笔记还是感情。

和善于做题的老四一样,秧子是我在这方面的榜样。

秧子干什么事都有预谋有条理,书架总是码得整整齐齐,床上总是干干净净。所以他没搬走之前我们在寝室里总有种浑身难受如坐针毡的感觉,就像是一群糙老爷们和一个小姑娘杂居所产生的那种不爽感。因此他后来的迁出对大家来说都是一种解脱。

起初我们甚至认为他有同性恋的嫌疑。我在前面也提过,有一段时间秧子是非我族类饱受歧视的。后来我们惊讶地发现,该生行事竟然比我们每个人都更像个爷们!不由得像潮水一般呼啦一下涌了过去,紧密团结在他的周围了。

我们私下里一致赞叹,认为该生是一朵奇葩。

而现在,这朵奇葩就要到别人的土地上生根发芽、开花结果了。

4

请原谅我必须从那天早上开始说起（最近有些人指出我有唐

僧的迹象,也许是吧,人老了难免会这样)。

那天和六月的任何一个早上没什么区别,天高云淡鸟语花香,三贱客其中的一个刚刚经历了感情的滑铁卢,另一个准备搬家。

冬未找了个电台广告部的差使,本来是打算在青年大街租房子的,那样离单位近点儿。可是秧子极力反对,说那片儿"白骨精"扎堆儿(注:白骨精=白领+骨干+精英),房租极贵,治安又不好。不如干脆搬到他那儿去,刚好填补洋鬼子尼克滚回老家后留下来的空缺。而且小区住的都是附近中学的老师,比如房东就是一对退休老教师夫妇,人品绝对属于信得过单位。当时的秧子颇有些孟子他娘的执着,加上我在旁边敲边鼓,冬未想想也有道理,就点头了。

离学校给我们下的最后通牒还有 48 小时,撤退行动已进入了高潮阶段。校园里一片兵荒马乱,身着文化衫四处拍照留念的、摆地摊卖书的,收废品的、收旧自行车的、收棉被的,还有运送行李的板车⋯⋯情形跟逃难跑反的也差不多了。

经过十三舍时,头顶猛然一声断喝:"下面的,闪开了!"

我连忙以凌波微步向侧跃出。

只听"嗵"地一声闷响,一个大包裹结结实实砸在地下,床单散开,里面是破烂不堪的被褥。我看了一眼,靠!比我们寝老三还甚!这哥们儿也真够一说的,半夜梦游弹棉花玩啊?!

女生宿舍略好点,没有碎玻璃,可扑克牌破书烂笔记本也是沿沿而下,点缀着楼下的草地。

大学四年,这是我第二次踏入女生宿舍。

第一次是借大二时候接新生的机会,由于是新手,没有作案经验,所以当时只是浮皮潦草走马观花地逛了一下,回去咂咂,根本感觉不出一点味道。

事隔三年,楼里的姑娘们经过一千多个日夜的文化熏陶,早不是当年那楞头楞脑土里土气的模样了,一个个脱胎换骨出落得牡丹花一般,整体水准有了质的飞跃。据说每到快关楼门的时候,楼下收发室的大妈就会扯一声:姑娘们!送客了!~~~~ 这时,只能望楼兴叹的男同志们才与女友依依惜别,作禽兽散。

这毕竟是一块禁了太久的地,虽说这次可以堂而皇之,还是难免产生一种神圣的紧张感,像进了女儿国的唐和尚,不敢放肆地左右观瞧。

这一次又是当搬运工,只不过上次是往里搬,这次是往外搬。虽然同样都是搬,可感受却大相径庭。

冬末早已收拾停当,在我的意料之中,非常简洁。

"你看你!"她们屋小兔红眼睛红鼻子地数落,"暖壶脸盆拖鞋都不要啦?!花钱买新的?你这大败家女啊!"

"都不要了!抛开旧生活!一切从头开始!!"冬末豪情万丈地说。可惜声音沙哑,令豪气大打折扣。

"你操什么闲心?"不是小兔但也红眼睛红鼻子的另一个女生接上话茬儿,"反正秧子那儿都是现成的,敞开了用呗,他的不都是你的?嘿嘿……"

"瞎说什么啊?!我说了多少遍了我们是哥们儿!又欠扁了是不?!"冬末气急败坏。

"扁就扁呗!反正以后也扁不着了……"

话卡在这儿,那个女生突然低下头去。我心里暗叫不好。

果然,她"嗯"地一声哭了出来。紧接着,迅速燎原。

我原本幻想进来能看见晾在绳子上的花边内衣什么的，结果内衣地没有，兔子到是大大的。

　　鼻子突然一酸。

　　靠！别被她们也同化成兔子。想到这里，我拎起冬未的一件行李夺门而出。

5

　　秧子雇了板车，正在楼下守着。

　　因为东西不多，一车就 Over 了。晚上就在狗窝燎锅底儿以示庆贺。

　　冬未胃口奇佳（废话！她有不佳的时候吗？），两碗米饭好像还吃的舔嘴抹舌的，把饭碗冲秧子一递，"三棵油！再给咱盛一点啊！"

　　秧子眨巴眨巴眼睛，慢吞吞站起来走到厨房去。

　　不多时又慢吞吞蹭回来了，把碗往桌上一放。

　　"这……！怎么这么少啊?！"冬未马上叫起来。

　　我探头一瞧，白生生一个空碗，只有数目不超过三十的米粒孤零零躺在碗底儿。

　　"不是你说要'一点'的么。"秧子还是慢吞吞地。

　　"一勺！"冬未狂怒，"盛一勺！行了吧?！"

　　我憋住笑，看秧子老神在在地蹓回去，再踱着方步回来。

　　这回更少了，目测数目大概不超过十五粒。

　　冬未脸色铁青，作势欲扑。

"是一勺啊,没错啊。"秩子摆出一个招架的破式,兀自火上浇油。

我乐了,在一边跟着扇风,"就是啊,掏耳勺也是勺啊。"

"你们俩!"冬未气得跳脚。可看看我们俩嬉皮笑脸的样子,什么也说不出来,嘴张了张最后也笑了起来。

秩子亡羊补牢,重又盛了半碗饭过来。冬未吃了一口,突然抬起头一脸惊喜地冲我说:"哎?小燕又活过来啦!这样多好啊!看你那几天人不人鬼不鬼的样子!有什么了不起的?!男子汉大豆腐何患……"

她突然住嘴,转脸冲秩子嚷嚷:"你踢我干嘛啊?!"

秩子斜愣了她半晌,冷冷地说了句:"你可真够缺心眼的。"

冬未看看秩子,又看看我,声音小了下去,"我……我怎么缺心眼了?你……你才缺心眼呢。"

这时我才猛然省起,已经好些天没这么轻松地笑过了。

我长长地出了口气,真舒服啊!这种久违的感觉就像是伤口长出的新肉,麻痒痒的,难过而舒服。

吃完饭,猜拳又输给秩子的冬未撅着嘴去洗碗。

秩子拿塑料袋装了几罐啤酒,冲我一偏头,"上去凉快一会儿?"

"走吧。"

第十四章 回到起点

1

今晚的夜空几乎可以用"晴朗"来形容。我们俩撩起背心,坐在楼顶平台的地上,让清风抚摩肚皮。

这半年灌了太多狗尿,使我的肚皮拱起了一个荒淫的弧度。我充满妒恨地瞟了瞟秧子隐约可见的六块腹肌,妈的,怪不得今天"2000年新款"看他的时候,都眼冒绿光!

对面楼顶的霓虹灯广告明明灭灭,我们俩安静地喝着酒,每一根神经都完全松弛下来。

秧子这狗贼真会享受!怎么就找着这么一块神仙福地的?!

就在我快要达到天人合一的至高境界时,秧子突然的一句话将我打落在地。

"燕子,我拿到那边的录取通知了。"

"啊?"我猛地转头,盯了他半天才找回反应能力,"什么时候?"

"昨天。"

昨天?!我发了会儿呆才尽量平静地问:"准备……什么时候

走?"

"下星期。"

"下星期?！这么急?！"

"反正迟早都是走。拖下去只会徒增烦恼。"

这就是嘎嘣脆的秧子。

每次他大干快上时都透着一股英雄气概,就是那种手一挥就追随者众的感觉。此时我就会自然而然地联想到一个名词:爷们儿！而这个名词又被秧子赋予了动词的力量,分外血肉灵活起来了。

我们俩一直沉默着,只有啤酒入喉发出的咕咕声穿破空气。

虽然早就知道这个结果,可当它真的到来,且那么仓促地到来时,我还是禁不住有些伤感。

"你这一去咱哥们儿见面可就——"我咕嘟灌下一大口,"——难了。过两年再被金钱和美色一腐化,你就彻底堕落,完全投向美帝国主义的怀抱了！"

"别跟我扯淡！"秧子把腿伸过来踹了我一脚,"我那是深入敌后！在卧底的同时泡他们的美女。再说了,我要是不出去,你们在国内还哪有机会啊?"

"靠！我代表所有男同志感谢你作出的伟大牺牲,and 为不幸的美国人民干杯！"我举起啤酒和秧子对碰了一下。

"哎！我说,"隔了一会儿我随口问道,"你不是真想找个洋妞吧?我可真怕你精尽人亡啊！"

"亡个×啊?！——放心,不会给你找个黄毛嫂子的。"

"这就好,这就好。不过听说外边物资稀缺,母猪赛西施的。

——要不,在这边抓紧解决一下先？"

"嘿！你今天可真够能贫的。"秧子使劲看看我,顿了一下,缓慢地说:"燕子,如果我跟你说……其实我心里已经有个人了,你怎么说？"

什么?! 我瞪大眼睛,惊愕得无以复加。

他是逗我玩的吧? 我又仔细端详了一下秧子,他的表情异常认真,一点不像是在开玩笑。那么说,这是真的了?!

等到认清了这个事实,我像被敲了膝跳神经一样腾地爬起来,嚷嚷道:"我操我操！ 不会吧?! 我怎么一点没发现啊? ——谁啊谁啊?? "

"嗨！看给你激动的,跟打了杜冷丁似的。"他很不屑地看看我,"就你,能发现什么啊?! 这么说吧,其实这人你也认识,还特别熟。"

我认识? 还特别熟?? 我赶忙在脑子里把符合这个条件的迅速过了一遍。

蓦地,一个名字"丁冬"一声蹦了出来。

"阿鹃?! "

"切！ "秧子嗤笑,"哪跟哪啊? 一直都是你一个人在那儿瞎折腾！ "

不对?

也是。他们俩好像都没什么意思,我这个皮条似乎很失败。

那是? ……

再一琢磨,一个可怕的想法慢慢涌上来,逐渐成型。

难道是? ……!

"秧子,"我把心提溜到嗓子眼,用尽全身力气吐出那个名字,"是……是顾扬吗? "

秧子脸上换上一副极度震惊的表情。紧接着,我的后脑勺就一阵热辣辣地疼痛……

"你有病啊?!"他哭笑不得地,"除了你们家顾老师,就没别的女人招人喜欢了?"

不是? 噢耶! ~~~

还好不是。现在的我脆弱得像个肥皂泡,经不起任何刺激。

那么,这个和秧子暗通款曲的究竟是谁呢?

我又接连点了两个人名,都是零环。秧子终于无奈地垂下头,"燕子,我真是服了 U。人就近在眼前,你就绕啊绕啊绕。你是散光还是花眼哪?"

近在眼前? 现在近在眼前的不就只有……!

"你是指——"我小心翼翼地提出一个最离谱的假设,"冬……冬未?"

秧子直视着我,以沉默作为回答。

"不……不可能吧?!"我犹自负隅顽抗,巴望着秧子能像往常一样,嘿嘿乐着说:"逗你玩的。"

可是他没有。他无比严肃地反问我:"怎么不可能?"

脆弱的肥皂泡"啪"地破灭了。

真是太刺激了!秧子和冬未?简直荣登本年度最不可思议奇闻之榜首!

我扑通一下跌坐回去,努力试着消化这一信息。

"就知道你会这样,所以一直没告诉你,"秧子站起来拍拍屁股,"有那么难以接受吗?"

"有,"我有气无力地,"感觉就像是兄妹乱伦,或者是同性恋。"

"说什么呢!找抽是不?!"

我的后脑勺又热辣辣了。

"……是真的有这感觉。靠！你们俩竟然背着我干出这种事！我怎么就一点没看出来呢？"

"燕子"，秧子以怜悯的眼神看着我，一边掏出打火机，"你不是迟钝，是很迟钝。"

我也站了起来，接过秧子递过来的烟，猛吸了一口。"什么时候开始的？"

"我也不知道。刚开始自己也觉得有点变态。嘿。"

我跟秧子趴在栏杆上各吐各的烟圈，那些陈年往事就如这轻烟一样飘了上来。

其实论起来冬未认识秧子比认识我还要早。那还是新生报到的时候，冬未极其潇洒，一个人背着超大号的登山包，坐着公共汽车就来了。据秧子后来形容，那天他跟学生会的几个干事一起补买完两包发给新生的毛巾，正靠在后车门的扶手上昏昏欲睡，忽然听到一个愤怒的女声——"你，起来！"这下秧子睡意全无，跟着全车厢的人一起张望。只见车厢前部的过道里站着我们英勇的邱冬未同学，她的手臂有力地前伸，指尖几乎捅到一个人的脸上。旁边站着一个白头发老头，正拉着她的胳膊，连说姑娘，不用，真的不用。

各位看官，看到这里您也应该猜出来了吧？没错！我们可敬的邱同学就像我们后来惯常见到的那样，又在打抱不平了。

　　可恨的是那个小子像是屁股长钩了，愣是翻个白眼安坐如山，这下冬未真火了，像拔萝卜一样拽住他的脖领子把他生生拎出了座位。那小子徒劳地扳着她的手，一边惊叫："你干什么？你干什么?！"

　　"你说干什么！你是瞎了还是聋了？没见这大爷就站你旁边么？你妈没教过你要给岁数大的人让座吗？妈的欠揍！……大爷您别管，坐！"

　　冬未一直揪着他骂，完了才松开手。那小子大概也觉得此时形势不利于己，就悻悻地退到一边去了。

　　到站以后，秧子尾随她下了车。本来这事就算结了，偏生那白痴探出头来骂了一句"操你妈的！多管闲事！"把冬未给气疯了，转身就追，可惜车早就走了，她又负重难行，跑了几步就累得蹲在地上喘气，还兀自咒骂不休。

　　秧子跟上来拍拍她的包，"同学，你是新生吧？我是中文系的。"

　　冬未上下打量他一番，"我也是中文系的，"然后一推旁边的皮箱，"还看什么？帮忙拎哪！"

　　很久以后我们说起这桩事迹，冬未还是愤愤不平。秧子则是满口怨言，说冬未误把他当成接新生的师兄，老实不客气地驱使他当了半天的脚夫。

　　仔细想想，虽然秧子总是不遗余力地贬损她，真正能使得动秧子的女生，恐怕也只有冬未一个了。我又想起那句话来——问世间情为何物，就是一物降一物啊！

　　我看着徐徐上升，最后被风吹散的烟圈们，忽然莫名伤感。那些或温暖或冰冷或甜蜜或生涩的往事就像这些烟圈，都已经随风而逝。现在，这个夏天的晚上，这个顶楼平台上发生的一切，都将无可挽留地成为往事的一部分。而我们，也将像蒲公英的种子，被风吹送着，各自奔天涯。

烟熄了，我从伤感中拔出来，接着刚才的话题问："那你现在打算怎么办？让她当留守女士？"

"我？"秧子苦笑一声，"我是想让她跟我一起出去，她得愿意啊！"

"她干嘛不愿意？"

"你还不知道她吗？钻在牛角尖里不肯出来。说了；做哥们可以做一辈子，做情人迟早散伙。她喜欢现在的角色……所以。"

这种论调我并不陌生。几乎每天，都能听见冬未发表类似的高论。有时候一激动，就对我们进行策反，"结什么婚哪？傻子才结婚呢！将来你们要是娶了老婆，我们肯定会慢慢疏远的。听我的，都别结婚！就咱们仨，想去哪儿就去哪儿，想吃就吃想喝就喝，一辈子快快乐乐的多好。"这时候她的脸上就会焕发出一种理想主义者的天真可爱的光辉，就像一个坚信共产主义不久就会实现的小孩，使得我们不忍心去戳穿她的美梦。

现在看来，三贱客当初立下的那个光棍到底的誓言，竟然只有冬未一个是出自本心的，我是凑趣儿，秧子则是带点不得已的障眼法了。

"慢慢来吧，目前只能这样了。"如果是任何一个别的什么人，我就会劝秧子趁住在一起的机会硬上。可对象是冬未，我就卑鄙不起来了。

"这边还有什么没办完的事儿么？"

"没有什么，都安排好了。这儿的房租我一直交到明年年底，到时候我可能会回来一趟，之后的事再说。冬未她们部里领导有一个是我爸的学生，我也托他照顾着……这些你不要告诉她。"

秧子的声音不急不徐，烟头的红光在黑夜中不停闪动着。看着秧子抽着烟的侧脸，我竟然感到一丝恐惧。布什前途堪虞啊！~~~

"要说不放心，还是冬未，她的个性很容易吃亏。"

"行了行了，我不是还在呢么？我负责当灭火器总可以了吧？！"没想到秧子也有这么娘们唧唧的时候！

"燕子，说真的，其实我们都很羡慕你。"

"不是吧？！羡慕我？"完美的秧子居然说羡慕我！

"真的。你比我们任何人都活得轻松、平和，我们都做不到像你那样无欲无求、随遇而安。有时候觉得你真的像个和尚。可是这也是你最大的缺点，你看，你从来没有为什么事去积极争取过，总是等着接受别人的安排。比如你看着这山高，想我爬不上去，可是你不爬一下试试，怎么知道爬不上去呢？燕子，有些事不光靠命运，还要靠你自己的努力，不然你日后会后悔的。"他伸了个懒腰，"呼！讲完了！妈的！心理辅导这活儿还真不是人干的。"

我摸摸胳膊，"真理大哥。我麻~~~"

"哈哈！我也麻。"

"你们又麻什么呢？！"冬未突然从天而降，"你们可真够意思！把我一人儿扔下面干活，俩人跑上来潇洒！都累死我了！"

"冬未，"我沉吟半晌，"秧子他，要去美国了。"

3

秩子走前那天晚上,我们去 KTV 唱歌,秩子喝得酩酊大醉,冬未则一直把着话筒,把嗓子都唱哑了。

第二天在机场的时候,冬未一直咧嘴乐着,但是那笑容特别不自然,感觉就像崔永元似的。

秩子把我送他的万年青挖了一半,用塑料袋装着说要带走。

"好好混,别给祖国人民丢脸。"我说。

"知道了。我走了,兄弟。你保重。"他突然搂住我,在我背后使劲拍了两下。

我鼻子一酸,险些就要丢人现眼。赶忙忍住了,重重砸了他肩膀一拳。搜肠刮肚半天,才憋出来一句巨俗的——

"一路顺风啊。"

等到秩子的身影从安检口消失,我拉着有些怔忡的冬未坐到一边,掏出秩子昨晚交给我的那封信。

"冬未,秩子说等他走了再给你。"

"给我的?"她接过那封信,手有些颤抖。

约摸三分钟左右,她抬起头,把信塞回给我,呆呆地注视着前方。

我惊疑不定地去看那信,素白的纸上龙飞凤舞着秩子的钢笔字：

冬瓜妹：

经过二十年的努力，你终于走出了俗不可耐的校园，走进了更加俗不可耐的社会。

经过四年的折磨，你终于可以摆脱整天无理取闹经常把你气得半死的我。你可以安息了。

我走了，走之前再罗嗦几句。

虽然你比燕子看上去更能与俗世接轨，其实恰恰相反，你在内心里是个很无私的人（先别忙着否认），但是你总是把它作为"缺点"隐藏起来。抛给人们的是一个入时、精明的你，因此别人与你打交道不会在意是否伤害到你，你远没有燕子的外柔内刚，这点也是我最担心的。

你一定又在嘲笑我，这鸟人忒也婆妈！

可我还是要说，你的记性不好，又爱花钱，所以我有必要提醒你，你还欠我许多东西：

上次你借走的 A 片要记得还我；掰腕子输给我的一顿饭还没请；还有，为了讨好美女出卖我色相的劳务费；还有……太多了，一时也列不完。

我不在你身边，有事多跟燕子商量。

上班了，就不能再满口脏话，腥荤不忌，看不顺眼就挥拳相向；或者，把衬裙穿在裤子外面。

还有，不用故意买 34D 的胸罩，34A 也没什么不好。我真的担心，你这样的没人会要。

所以，为了天下苍生计，我还是愿意牺牲一下的。

好了，我们最后打一个赌——如果明年这个时候，你的想法还是和今天一样,那么就是我输。反之就是你输。赌注呢?我还没有想好。你来下吧,我奉陪到底。

另外,老规矩,让燕子做见证吧。

——你的地瓜秧子

我心中一片茫然。看看身边这个头发挑染成蓝色的呆鸟,觉得他们俩瞬间陌生起来。

"回去吧。"我拍拍她的手说。

可她像没听见我的话似的,猛地跳起来,发了疯似的拔腿就没命地往外跑。

我吓得一楞,半天才回过神来跟着追了出去。

妈的!这是干什么?!她可是拿过200米金牌的!

眼看着她以100米篮的标准姿势飞越若干障碍物,翩若惊鸿,轻巧地落在停车场中央。

我呼哧呼哧地赶到,训斥的话已到了嘴边,却在看到她的脸那一刹全部溶化。

——从来嘻嘻哈哈的冬末此刻正呆呆地仰头望着空中,泪流满面……

我在心底长叹一声,也把头仰了起来——

湛蓝的天空中,波音767划出一道白色的优美弧线,消失在云层之中。

秧子走后没几天，顾扬也走了。
在我鼓起勇气想要再爬一次的时候，山却不见了。

4

秧子走后没几天,顾扬也走了。

在我鼓起勇气想要再爬一次的时候,山却不见了。

那天是毕业晚会的排练时间,我在礼堂帮忙搬道具干杂活。当我正蹲在台上用大头针往横幅上别字时,身后突然有人叫我:"于燕,有人找。"

我回过身去,看见她站在台下的过道中间,像一株百合花那样轻盈优美、无声盛放。那一瞬间我有一种时空错乱的感觉,仿佛又回到我们初见那天,就在这间礼堂里,就在这个舞台上,她醉醺醺地冲上来,一巴掌把我打得晕头转向。

很显然她的心思和我一样。

"于燕,你还记得上次在这儿发生的事么?"她坐在走道边的椅子上,问。

"干吗?还想占便宜啊?这回我可要还手了。"我隔了一个座位,坐在她的前排,假模假式地装幽默。

她没笑,把身子伏在椅背上梦呓似的继续说:"其实我很少喝醉,就那么一次还就被你赶上了,你还真是倒霉。可你干吗非要唱那首歌啊?还唱得跟他那么像。那个混蛋!说给我录了这首歌的,可还没告诉我放在哪儿他就死了,让我上哪儿找去啊?你也是混蛋,我都喝成那样了,怎么能分清谁是谁?你说,你是不是活该啊?"

像一株**百合花**　我回过身去，看见她站在台下的过道中间，
那样轻盈优美、无声盛放。
那一瞬间我有一种时空错乱的感觉，
仿佛又回到我们初见那天，
就在这间礼堂里，
就在这个舞台上，
她醉醺醺地冲上来，一巴掌把我打得晕头转向。

我并不答话，事实上我一直紧闭双唇，两眼直视前方，保持着端正的坐姿。我说不清心里是什么滋味，好像是八大菜系一锅烩似的乱七八糟。

"我真的不想去找你，真的。可是控制不住。"她自顾自地往下说，"其实我总有个感觉，好像只要我没亲眼看见，这件事就没发生似的，所以我一直不敢回去。这次见到了墓碑，我才意识到他真的已经死了。"

隔了一会儿，她又雪上加霜地说，"可能世界上真的有神佛吧！你还记得在玉佛寺那天么？我许愿说，希望他能回来。他说过要陪我去天山看日出的，没想到居然实现了，看来还是挺灵的。只不过这回不是他陪我，是我带他去而已。——其实，这应该没什么差别吧？"

我仍然一个字也没回答，我知道这些问题根本无需回答，况且，我也不知道该如何回答。

半晌，我终于艰难地问，"那现在，你有什么打算？"

"学校有个支援西部教育的计划，要派几个老师过去，我已经报名了。"

我猛地回过头去，张了半天嘴才干笑两声，说了句"好啊。可以……去天山嘛。"说完之后感觉自己极为傻×。

"于燕，对不起。"果然，她还是说出了那最庸俗的三个字。

尽管心脏一直向下沉，我仍然故作轻松，"你还知道啊！"

"那边条件不好，别硬撑，不行就回来。"我最后说。

我管不住自己的脚，那天还是去了车站。不过我没露脸，只躲在柱子后面看她和家人朋友告别。

临上车前，她四处望了望，像在等什么人的样子。

　　我的心狂跳起来，几乎就要一咬牙冲出去了。

　　可是，哨子吹响了，尖利刺耳。她的身影终于消失在车门边。

　　她终于还是从我身边离开了。不，精确地说，在上一次我站在这个站台，把她送上火车时，她就已经离开了。

　　我转了一个圈，又回到了起点。只是这个我，已经不是出发时的那个我了。

　　何时再出发呢？

　　还能够再出发吗？

　　我走出了站口，白花花的阳光刺痛了我在黑暗中的眼睛。

　　忽然就想起了毕业晚会上一个短剧里旁白的那首诗——

　　夏日曾经很盛大

　　把你的阴影落在日晷上

　　让秋风刮过田野

　　让最后的果实长得丰满

　　再给他两天南方的气候

　　迫使他成熟

　　把最后的甘甜酿入浓酒

　　谁这时候没有房屋，就不必建筑

　　谁这时候孤独，就永远孤独

　　就醒着，读着，写着长信

　　在林阴道上来回不安地游荡

　　当落叶纷飞

　　　　　　　　　　　　　　　　　　　（完）

《这么近,那么远》补丁之

般若波罗蜜多

于燕第一次见识般若波罗蜜多,是在金庸那里。《倚天屠龙记》中,张无忌为救金毛狮王谢逊与三大神僧比武走火入魔时,谢逊念的就是这段心经。

当时于燕还是个初中三年级的毛头小子,处于各种激素旺盛分泌的状态,脑袋里充斥的都是青春期性幻想和江湖英雄的热梦,根本没有空间存储高深的佛学理论,他更感兴趣的,是少林寺大和尚们的神功。

于燕的第二次启蒙(如果第二次还能称做启蒙的话),是周星驰。

当时他顶着高考的巨大压力逃了下午的自习课跑到电影院里,一个人欣赏山贼孙悟空的精彩首映。当他在第一排上看见星星举着月光宝盒 N 次奔命于山洞口,高喊着改变命运的"般若波罗蜜多"时,他狂笑起来,笑得眼泪都流了出来,并遭到了周围观众一致的无声谴责。可是等到别人一起狂笑时,于燕却怎么也笑不出来。

这么近
那么远
zhemejin namewyuan

他感到很困惑。——他们看的不是同一部片子么？

那时《大话西游》还寂寂无名，但于燕很是看好它。后来事实证明了于燕的慧眼，大话西游几年后居然成了经典，许多和他差不多大的年轻人狂热着把大话的语境在各个领域折腾得不亦乐乎。

于燕和他的哥们当然又对这部经典鸳梦重温了 N 次，这时候思想已经达到一定深度的于燕再看着星星声嘶力竭地"般若波罗蜜多"时，却笑不出来了。

他心底最纯洁的那一块地方潮湿了。

他觉得，如果他是孙悟空，也一定会那样干的。

只是那时候，他还不认识他的白晶晶。

第三个、也是真正开启于燕灵魂大门的，是菩提师兄。

菩提师兄是比于燕高一届的计算机系师兄，住在于燕他们寝室对门。该师兄肥头大耳，有些虚胖。于燕他们坐在老二的 486 显示器前第一遍对大话进行温故知新的时候，就突然觉得那个菩提老祖很像一个人。正在大伙儿挠头搜索记忆库时，菩提师兄光着膀子趿拉着拖鞋摇着破扇子进来串门，众人猛一回头，恰好见到大裤衩上方一个肥白滚圆的肚皮，电光火石之间灵感的火花四处飞溅，在空中聚合后发出"吱拉"一声爆响……

"菩提老祖！"四个同样光膀子趿拖鞋的汉子异口同声地大叫。

菩提师兄吓得一乍，扇子啪拉一声掉在地下。

菩提师兄人不错，爱好助人为乐。老二的 486 每回生病，大小手术都是他给做的。这可能是因为他是一个有正当信仰的人，——菩提师兄信佛！——这是他们后来才知道的。

有一天于燕去对屋联络感情,正赶上菩提师兄盘腿打坐,于燕吓了一跳,还以为他在练某某功。深入交谈之后,才知道师兄是在坐禅。当时师兄就很热情地对于燕宣扬了一番佛理——

"于燕啊。坐禅是很有好处的,不但可以使心灵宁静,还可以调整血液循环。你看那些得道高僧,都是很长寿的,就是因为他们能够保持心灵的平静,抑制大喜大悲这些激烈的情绪,这样对健康是百利而无一害的。刚开始你可能会觉得思绪杂乱,很难静得下心来,可是你只要坚持,慢慢地就能屏除杂念、做到心地空明了……"

于燕:"……"

长达半个多小时的课程终于在菩提师兄不得不去小便之后告一段落了。于燕抓住这个可遇不可求的良机赶紧告辞,菩提师兄意犹未尽,非拉着于燕参观他的佛学书籍。于燕一看这种形势,不动点真格的今儿晚上就算交待在这儿了,只得借了一本图文版的十八层地狱回去研究。

可于燕没有料到的是,此举竟然成了他今后生活的一个毁灭性的开始……

从那天起,菩提师兄过访的次数开始呈等比性递增,两次串门之间的间隔时间也越来越短,就差没卷铺盖干脆长驻在他们寝室了。

每次师兄都像见到失散已久的亲人般激动地拉着于燕的手,两眼冒着泪花,一遍又一遍努力洗刷于燕肮脏的灵魂。

于燕毕竟也是血肉之躯,渐渐有些扛不住了。

"师兄,你是怎么看出我有慧根的啊?"

"这还用说!你可是第一个主动跟我借书的人哪!"由于太激动,脸都有些抽筋了。

"……！！！"

于燕现在恨不能把自己掐死！这一刻他无比渴望那个月光宝盒，如果能回到那一天，就算用敌人对付江姐的酷刑对付他，他也绝不会！跟师兄借那本书。

只有夜晚忠心陪伴他的蚊子们才清楚地知道，他是把那本书当成小人书来执行的。他对那些上刀山下油锅的画面和文字的兴趣，远比地藏王菩萨讲经渡人要感兴趣得多。

于燕汗颜～～～～

后来菩提师兄开始热衷于当 DJ，整天在寝室里播放梵乐磁带。于是住在三楼或经过三楼的兄弟们，总能听到两个对门的寝室不断进行周杰伦和释迦的火拼。

又后来于燕发现，当菩提师兄来串门的时候，自己屋里的人总是很少，而且越来越少，最后只剩他一个人在独力支撑了。

这帮没义气的狗东西！

有一次于燕追踪他们一直到了一个饭店，才知道原来这帮狗东西都躲出去大吃大喝了！

他把他们打骂了一顿之后，也心满意足地加入了这个队伍。

快乐的时光总是短暂的。很快地，大家的荷包就都瘪了下去，大吃大喝的日子终结了。他们只能寻找新的不用花钱的避难场所。

考察一番之后，他们悲哀地发现，只剩下图书馆和各种自习教室了。从此，L 大的同学们总能在傍晚的校园小路上看见几个神色阴郁挎着包去上自习的小伙子。

又过了几天，出去上自习的兄弟回来以后，都统一反馈这样一个消息——在某某教室看见对屋的谁谁谁了。

靠！于燕等人这才领悟了对屋那几个不同寻常的刻苦劲儿的真正原因了。

因此之后再碰上的时候，都会和对方交换一个默契十足的眼神，并且能在对方眼睛里看见真挚的两个字——同志！

在和对屋几位师兄建立了长期的战略合作伙伴关系之后，他们之间的各种官方和非正式交流就多了起来。

有一天，一位师兄突然道出一个惊爆内幕——菩提师兄开荤了！据说是经管院的一个老乡学妹。菩提师兄经常去给人家修计算机，并且每次都小做一点手脚，以便下次再去修。

这条消息简直太劲爆了！他都不敢相信这是真的！

但紧接着，菩提师兄的真面目终于被他们揭开了……

那天另一位师兄突然有事回寝室，见屋里黑着灯，以为没人，结果开了门进去，立时被眼前的景象吓呆了——

菩提师兄正光着脊梁，死盯着显示器在看黄片呢！

由于戴着耳机，他并没发觉背后来了人，还一个劲儿在那儿呼哧呼哧地喘气，嘴里叨咕着"靠！我靠！"

等到终于发现被逮着以后，菩提师兄嗫嚅了半天，竟然整出来一句："呃……空即是色，色即是空……"

这句经典后来一直在圈子内流传了很久，电脑总坏的学妹终究也没能和菩提师兄修成正果。

就这样，当七月来临的时候，菩提师兄走了。

走的时候师兄哭成个泪人儿。于燕他们本想为终于摆脱传教士骚扰而庆祝一番的，他这样一哭，他们都没了心情。

临走时菩提师兄把那些宝贝书和宝贝磁带都送给了于燕。当然，于燕是没有机会让它们大放光芒的。因为全室人民都威胁他说，如果他胆敢那样干，他们就要开除他的室籍。

于燕当然不想被开除室籍。

前几天，于燕听人说，菩提师兄去了华为，现在已经混上主管了。

于燕躺在床上，想起菩提师兄那张笑眯眯的肥脸，突然一激动，就把不见天日的一盘磁带翻了出来。

听着根本听不懂的般若波罗蜜，于燕第一次发觉，这哼哼唧唧的音乐，其实，也不是那么难听……

那白衣飘飘的年代

"夏天在每年都会酝酿一场阴谋,它埋下一颗名叫'毕业'的种子,开放出一朵哀伤的花,把带着香味的毒蔓延在空气中,侵入每一个正在呼吸的毛孔……"

——宿舍外矮墙上的大字报这样忧郁地写着。

一进六月,互联网上就开始有意地开辟一些关于毕业的专题;学校布告栏上张贴的附近录像厅的放映海报都被《毕业生》一统天下;生了锈积了灰的校园广播电台又重新运转,午晚两次用校园民谣给孩子们下饭;宿舍门前的草地上夜里总有公狼在慷慨悲歌;小树林里的石桌旁没有了读英语的和谈恋爱的,代之为一拨拨穿着文化衫的男男女女,在扑克牌的酣斗中抓紧最后的相聚。

不管白的红的黑的蓝的,各个院系的文化衫其实都很丑,但即便是最爱美的女生,也整天穿着,自豪而悲壮地亮出身份。文化衫成了校园里一道最独特的风景。

这时于燕他们每天走在校园里,最大的兴趣莫过于追看文化衫们的背影,然后根据上面的豪言壮语猜测那个人的专业。

比如说：

经世济民——经济系的；

财从正出，政自才来——这是学财政的；

观人生涨跌，看浮世熊牛——证券专业的；

天地之间有杆秤——九成是法律系的……

多数时候他们都能猜中，然后老二总会加上一句："靠！没水平！不通不通！"

这不能怪老二，因为于燕他们系的标语实在太没个性。班里几个头人为了拟个惊天地泣鬼神的口号绞尽脑汁，可是几番提案总不能让所有人都满意，折腾到最后大伙都烦了麻木了，干脆选了个最中庸的"骄阳似我"，虽然平淡点，总算没人再提反对意见了。

但这种放之各系皆准的东西确实使得中文系的形象很模糊，于燕他们在享受猜谜带来的快乐的同时，也体会到了被人猜的尴尬：

"看不出来哪个系的。"

"这什么意思啊？"……

这样的嘀咕不时从背后传来。所以老二难免有些恼羞成怒，酸葡萄阿Q什么的，就时常来上那么一下了。

于燕自己的那件，签满了同学们龙飞凤舞的名字，已经花得看不出本来面目了。此刻，他正穿着这件花衣服，站在寝室窗口，默默注视楼门口那棵井口粗的大柳树。

据说这树比他们这座危楼还要苍老，从四五年建校起就守候在这儿，迎来送往，见证一个个悲喜故事。

去年这个时候，于燕也是站在同一个窗口，像看猴戏一样看对面楼的师姐们哭着搬东西,看柳树底下一对情侣黯然相对、无语凝噎。

而昨天还是在这棵柳树下,同样的场景,只是主人公换成了老四和史努比。

于燕有一分钟的恍惚。

这么快吗?去年他还在为别人感慨,没想到一转身就轮到他自己了。

是真快啊!四年前他拎着包袱站在楼门口心灰意懒的情形仿佛就在昨天。要不是老妈寻死上吊地非把他拴在家门口,靠!他才不会把四年的青春葬送在这所流氓学校里。

而现在,他终于要摆脱这个他们茶余饭后咒骂嘲讽成了习惯的学校了,可是他却没法儿感到轻松。

该干点什么呢?虽然六月中旬他就停止了实习回到学校里,清空脑袋里所有的内存准备存储这段最后的记忆,可现在,除了像个老头子一样坐在路边一边抓痒晒太阳一边看着低年生活泼俏丽地从眼前经过一边回忆些陈年旧事,他竟然不知道应该干点什么。

"再去二部吃一顿包子吧,白菜馅儿的,两个,一碗鸡蛋糕。"

"再去图书馆上一次自习吧,占理科阅览室靠着窗的座儿。"

"再去打一次球吧,小操场那个。"

……

比较清醒的人建议着。当然,大家心照不宣的潜台词是:也许这是最后一次了。

到了二部门口他们才想起来,饭卡和图书证都已经回收了。于是又折回宿舍跟楼下学弟借了几张。

"今天包子做的真他妈好吃！"老二一边吸溜鸡蛋糕，一边大发赞叹。

是啊！从来没觉得二部的包子这么好吃过。还有，图书馆的桌子真亮啊，椅子真舒服啊。他坐在窗边感慨地想。

这种期末考试复习的关键时刻，图书馆是不可能有座位的。他面前铺着的加菲猫桌布和两本高数教材已经向他宣告了这个座位的所有权。它们的主人也许是个可爱的姑娘，——他们以前经常来这儿的目的也正是因为这里有比文科那边更多数量更高质量的女生。——也许去吃午饭了，过一会儿就要提着暖壶施施然地走回来继续勤奋了。

于燕突然间意识到，他不再属于这里，这里也不再属于他了。于是他站起来，悄悄地走了出去，正如他悄悄地来。这一次，没带走一张从书上撕下来的彩页……

路上都是脚力强健步履匆匆赶去食堂或者离开食堂的年轻人，于燕忽然就想起某位仁兄为新生们画的肖像来——

"打饭不带塑料袋儿的，

打水带着壶盖儿的，

走哪儿都带小垫儿的。"

他咧开嘴角无声地笑了笑。

两个月以后，又将会有一批直愣愣怯生生傻乎乎的孩子走进这座校园，住进他们曾经住过的屋子，然后慢慢地变成像流水线上的熟练工人一样面无表情的老生。

铁打的学校流水的学生，这就是大学。就在进进出出的循环中，时间茁壮成长着。

他又想起散伙饭那天，有个女生很文艺地发了句感慨。她说："既然命运安排我们相聚，为什么又要让我们分开呢？"

搁在往常，于燕肯定会大吐一番的，可那天他什么也没做，只是跟几个兄弟一起，坐在饭店门口的台阶上，对着没有星星的夜空，抽掉了一整盒烟。

经过蕙思楼旁时，他下意识地绕了一个半圆形的轨迹。

这也是被 L 大培养出来的习惯之一。

有一段时间，蕙思楼的侧面墙体总会有白色的马赛克贴片簌簌而落，于燕他们戏称其为"头皮屑"。有一次老三差点中招，回来后就破天荒地大光其火，大骂黑心肝的校领导不知拿了施工单位多少回扣。

自那以后他们每经过蕙思楼时，都一边绕着半圆一边痛骂校领导。

后来虽然终于修好了，可他们这个绕道的习惯却怎么也改不了了。

说起来蕙思楼还是 L 大的形象工程之一，于燕他们揣度校长心里是打着把它塑造成北大红楼那样的标志性建筑的小算盘的，因为蕙思楼现在的金光大字就是那年总理来视察时题写的，于燕他们认为这一点很能说明问题。

后来修"头皮屑"的时候，顺便把金光大字拆下来翻新。说也巧，正赶上中央领导班子换届，于燕他们看到这一幕，哪肯放过，又臭损校领导一通，说真他妈势利小人，看人家不干总理了马上把题字就给撤了，虽说人家那毛笔字写的确实不咋地，可也不能倒得这么快啊。

蕙思楼前的广场中间是光秃的喷水池,它只有在领导视察、校庆国庆等重要日子时才上岗工作。

于燕坐在池边台阶上,想起当年就在此地,也曾诞生了一位名动一时极为惹火的人物。

那是大二刚开学,各社团在广场上占山摇旗,使尽浑身解数拉骗新生。老三那时还身轻如燕风流倜傥,拎了把破吉他站在水池台阶上就自弹自唱起来,其街头艺人般的浪子光芒闪倒了一片天真无知的少女。吉他社瞬间大热。

可惜后来老三腐败了,吉他若是架在肥白圆滚的肚皮上想来也甚不雅,于是就给封了。

前儿晚上寝室哥几个搬了两箱啤酒在宿舍门前草地上围坐了一夜,老三的吉他终于又重出江湖。

不知是不是疏于操练太久的缘故,没几首老三的嗓子就哑了。后半夜娘们唧唧地絮叨着从前的一些鸡毛蒜皮,砸了不下六个酒瓶子。

吉他社之前最牛B的,是于燕他们系的家生子"阳光剧社"。

他们有幸赶上了它的黄金时代,那一任的领袖是小东师兄。

此君其貌不扬,有丐帮的邋遢、诗人的激情和政客的口才,经常带着满身异味给他的信徒们灌输崇高理想,一慷慨就是一个多小时,其言语极富煽动性。

于燕就是被催眠的群众之一,他给剧社当过一年的长工,蛮劲儿都贡献给了搬道具的伟大事业,所以那一年L大治安状况VERY良好。

小东师兄毕业前,搞了一部半是音乐剧半是话剧的告别作,叫《白衣飘飘的年代》。这部剧成了剧社的一个标杆,像纪念碑一样竖在那里供后人瞻仰悼念。

其实于燕压根儿不记得任何剧情,对那部大作的全部印象就只有漂亮女主角白色的连衣裙和男主角化妆过浓的可笑模样。他觉得小东师兄的一腔热血满腹的艺术理想不过是自我陶醉自怜自伤的对牛弹。

现在他终于抓到一点小东师兄思想的尾巴了,可是,一切都将结束了……

七月一号,于燕和班长一起,送走了最后一个同学。

当这个四年里和于燕没说过超出二十句话的女生从车窗里伸出手跟他握手并旁若无人地放声大哭时,他感到自己的某一部分迅速地衰老了。

回到空荡荡的寝室里,坐在光秃的床板上,他点了根烟,一边慢慢抽着一边看着这满地狼籍。

墙上还贴着老三写的大字报,窗台上散落着肥皂盒、饭盆和几只暖水瓶塞儿,地上拖鞋袜子东一只西一只……热热的人气好像还没退去,也许下一秒钟谁就会在他背后用力一捶,叫着:三缺一!

他下意识地"哎"了一声,竟然隐隐有回音,本来拥挤的屋子现在显得分外空旷。

昨天毕业典礼上,系主任说了一句:"生活是艰辛的,但我们要微笑着面对。希望在十年、二十年之后,大家还能保持如今天坐在这礼堂里时的心境。"

这是他第一次也是最后一次没有任何嘲笑鄙视地听系主任讲

话,也是他所听到的系主任讲的最牛 B 的一句话。

——能吗? 于燕没有去思索这个问题。

他只是转过身, 锁上门, 把一个白衣飘飘的年代永远地封存了。

门外,阳光灿烂。

青春这条狗

　　胡建军是个差生，他在老师和其他学生眼里是个不折不扣的"坏学生"。他看不惯学校的应试教育，处处和老师作对，他抽烟、早恋、打架，甚至出走，生命不可承受之轻。但他也决不是一个不可救药的坏孩子，他聪明、勇敢、机智、好学、善良而富有侠义心肠，同时还是个网络天才和黑客，一心梦想成为一个有志青年，像一只鸟一样飞得更高更远。

　　《发条橙》、《坏孩子的天空》、《猜火车》、《青春这条狗》——坏孩子总是令人印象难忘，但我们记住的不是坏孩子的坏。

我的花样生活

　　一个 28 岁的女人，却还是单身一人情况会怎么样？答案是很惨，被好友教育被老妈念；再加上在半死不活的公司摸鱼，薪水少得可怜以至于无法使用充足的化妆品，又会怎样？答案是惨绝人寰啊！男人都是视觉动物，女人只好大唱：我想我会一直孤单。突然，在某一天，四位优质男人一起出现在女人面前，他们美、俊、壮、雅，外加温柔多金。女人眼冒心心口水长流，啊啊啊，哪里来的狗屎好运啊！女人觉得好头痛，真的好难选择啊，悄悄的问一句：可不可以连锅端啊？？？

　　——给所有的单身女子，我们都要快乐，都要爱自己，都要相信恋爱是美好的，都要期待下一次恋爱的到来！

遗落在光阴外的玫瑰

　　舒伟这个人物，符合我们一切关于初恋的记忆，是青涩的枇杷叶的香气，是下午时分栀子的淡远白净。可是乔麦不是栀子，乔麦是玫瑰，有着浓烈的芬芳，刺棘里咄咄逼人的娇艳，舒伟伸出手去，茫然的失却。

　　过了那么多年，乔麦不离不弃地找寻，一星半点关于江城子的消息。他对她说的最后一句话是：你等我啊，你等我啊。钥匙还分别挂在他们的脖子上，晶亮的青春，如此阴差阳错的决别。他们是两列疾驰的列车，在同一个站台稍作停留，旋即各奔前程，这唯一的交汇，短暂甜蜜，此生铭记。

　　小镇上少女的生活，穿插在张国荣的歌声里，一点一点零乱的心事，乔麦的心事，我们明明知道这样的盛世繁华，而邱琼笔端骨子里的悲辛无尽，总是透过似锦的年华，让我们觑见触目惊心。